世界之謎 科幻小説系列 ①

勇闖百慕達

山邊出版社有限公司

你知道「百慕達三角區」嗎？

它屬於煙波浩淼的大西洋，位於佛羅里達—波多黎各—百慕達群島之間。這是一片被世界公認為最危險的海域。千百年來，這個地方經常發生一些神秘事件：

飛機、船隻經過這個地方，經常會出現羅盤失靈、無線電通訊故障甚至神秘消失的現象；

好好的勺子、叉子等食具，突然就扭成麻花樣；

錄音機還會在這裏錄下強烈的海的噪音……

正因為這些撲朔迷離的事件，這片邊長2,000公里的三角形海域，被人們稱為「魔鬼海區」、「死亡禁區」。

人類歷史上最早記載百慕達奇異事件的人是航海家哥倫布。公元1502年，當哥倫布率領他的遠洋船隊靠近百慕達時，海面上突然颳起了一陣陣狂風，船隻好像航行在峽谷之間，幾乎看不見天日。並且，船上磁羅盤的指針指的不是真正的北方，而是從北方向西北方偏離了六度。哥倫布從這裏第一次發現了磁差現象。

有人統計，從1840年到現在，飛機和艦船在百慕達發生意外事故的不下千餘宗。近年來，在美國註冊的，在這個海區發生神秘失蹤事件的艦船就有100多艘，其中還包

百慕達三角區位置及神秘事件

歐洲

亞洲

香港

非洲

印度洋

大洋洲

1502年 哥倫布的船隊經過百慕達三角區，船上的羅盤突然全部失靈。

1918年 美軍軍艦「獨眼龍號」消失在百慕達三角區。

1945年 五架美軍魚雷轟炸機在百慕達三角區上空迷航，最終神秘失蹤。

北美洲

美國

太平洋

大西洋

南美洲

百慕達三角區　北緯：18°‑32°
西經：64°‑80°

美國　百慕達羣島

大西洋

邁阿密

古巴　波多黎各

墨西哥

括兩艘核潛艇。僅以離美國佛羅里達海岸25英里以內的海域統計，每年就有1,200餘人失蹤。

關於百慕達的離奇傳說很多，全世界都注視着這一海域的每一樁事件。失蹤事件都有一個特殊的規律：飛機和輪船迷航、呼救，然後迅速消失，連殘骸都找不到。為了探索其中的奧秘，從二十世紀五十年代起，許多科學家就傾盡全力以求解開二十世紀自然界這個最大的疑團。但種種研究始終在機械的故障、粗心的駕駛、雷擊、風暴、海嘯等假説上回轉，雖費盡心機，但終無所獲。

人們還提出了種種假説，如：觸礁説、颶風説、龍捲風説、海水漩渦説、反旋風和下沉渦流説、大自然鐳射説、海底裂縫説、水橋説、晴空湍流説、黑洞説、超時空説、月球引力説、海底大洞説、海底燃氣氣泡説、地核移動説、磁異常説、飛碟母碟説、海底超文明説等等，但所有的解釋都不能令人滿意。

「百慕達三角區」的海底究竟有什麼秘密呢？

現在，讓我們隨着「校園三劍客」的腳步，一起到「百慕達三角區」進行一場充滿驚奇的科學探險吧！

目錄

第一章　飛機的墳場

「**呼**叫指揮塔，緊急事件！我們好像迷路了……我們看不到陸地，我們看不到陸地！」

1945年2月5日15時15分，美國海軍中尉泰勒向佛羅里達州佛特勞德達基地緊急呼救，他的聲音沙啞而絕望。此時和泰勒在一起的還有美國海軍第19中隊的另外四架格拉姆TBM-3型「復仇者」魚雷轟炸機。執行任務的飛行員都是經驗豐富、技術優秀的飛行老手。他們14時10分從基地出發，原定計劃是飛行兩小時，航線是先往東飛行180公里以後，再往正北方向飛行120公里，然後再轉向西南方向，返回佛特勞德達基地。飛機出發時風和日麗，按理說不應當出現泰勒所說的緊急情況。

「你們的位置在什麼地方，你們的位置在什麼地方？」

指揮塔馬上回應泰勒的呼救。

「我們也不太清楚。我們沒辦法確定在什麼地方，

我們好像迷路了！」

「你們的位置可能是在朝西吧？」

「我們不知道西方在哪裏。不好……奇怪……我們看不出任何方向了，連海洋都跟平常不一樣了。」

又過了 *15分鐘*，指揮塔從電訊中聽到飛機上邊有個人呼叫一個叫鮑爾斯的飛行員。於是，指揮塔趕緊對鮑爾斯說：「鮑爾斯，請你報告一下羅盤的指示方向。」

鮑爾斯回答說：「羅盤可能失靈了。我不知道在什麼地方。我們剛才轉過頭的時候，一定是迷路了。」

接着，指揮塔又叫通泰勒中尉，泰勒中尉說：

「我們正在尋找基地，我不知道離基地還有多遠。」

「你們往北，一直往北，就可以看到基地了。」

「不行啊，我們剛剛飛過一個小島，根本看不見陸地在什麼地方。」

佛特勞德達基地指揮塔上的人們聽到這個情況，心想：五架「復仇者」飛機的油料那麼充足，再飛行四個

小時也不會有什麼問題。於是，指揮塔命令另一架飛機的飛行員來代替泰勒中尉，擔任指揮。同時，指揮塔命令五架「復仇者」飛機：

「對準正西方向，也就是對準27度航向，返回基地。」

十分鐘以後，佛特勞德達基地指揮塔又接到五架「復仇者」魚雷轟炸機的報告：

「**警報！警報！**我們現在迷失了方向，看不見陸地……哪兒也看不見陸地，不知道哪裏是西邊，一切都亂套了。」

這時候，泰勒中尉也報告說：

「我們現在好像是在墨西哥灣上空，我們對準了30度航向飛行，四十五分鐘以後，再轉向正北。」

指揮塔上的人們一聽感到特別納悶：

「哎，如果按照這五架飛機現在的航線，可就離原來正常的航線相差幾百公里了呀！他們怎麼會跑到墨西哥灣的上空去了呢？這就是說，這五架飛機已經失去了控制。那麼，到底是什麼原因使得這五架飛機全都失去了控制呢？不好，今天的飛行可能要出事了！」

想到這兒，指揮塔上的人們頓時緊張起來了。

到了**傍晚18時**，五架「復仇者」魚雷轟炸機已經像沒有了頭的蒼蠅一樣，一會兒往西，一會兒往西北胡亂飛行。而且，五架「復仇者」魚雷轟炸機上的無線電通訊情況也變得越來越糟糕，根本就接收不到佛特勞德達基地指揮搭上的指令了。不過，基地指揮塔上的人們還能聽到五架飛機之間的對話。指揮塔上的人們注意到，五架「復仇者」魚雷轟炸機上的報務員的聲調全都顯得特別驚慌。通過他們的對話，指揮塔上的人們知道，五架飛機上所有的導航儀錶全都起不了作用。指揮塔上的人們感到特別奇怪，五架飛機上的飛行員為什麼看不見太陽。如果他們能看得見太陽，就可以根據太陽來判定方向了。

時間一分一秒地過去了。忽然，指揮塔上的人們通過無線電聽見五架「復仇者」魚雷轟炸機上傳來一陣特別恐怖的驚叫，可是聲音顯得特別微弱：

「不好了，不好了，我們開始往水裏沉下去了……完了，完了，我們全都完了。」

到**19時04分**的時候，指揮搭上的人們再也聽不見那

五架「復仇者」魚雷轟炸機的一點兒聲音了。

佛特勞德達基地不敢再耽擱，趕緊派出一架名叫「馬丁·瑪利娜」號的水上飛機前去救援五架「復仇者」魚雷轟炸機。這架水上飛機上一共有13個人，帶着全套的營救設備。它沿着五架「復仇者」魚雷轟炸機最後的位置，仔細搜索着。

不一會兒，「馬丁·瑪利娜」號水上飛機上一個叫凱姆的中尉向指揮塔發來一份電訊說，他們測到6,000米上空的風勢特別大，一直到現在也沒有發現那五架「復仇者」魚雷轟炸機的一點兒蹤影。萬萬沒有想到，這是基地指揮塔收到的這架水上飛機的最後一份電訊。10多分鐘以後，「馬丁·瑪利娜」號水上飛機也跟指揮塔失去了聯繫，它也神秘失蹤了。從那時以後，佛特勞德達基地指揮塔再也沒有收到這架飛機的任何電訊。

可是，奇怪的是，當天晚上19時以後，邁阿密的歐拔海軍基地聽見了一陣非常模糊的呼叫：

「FT……FT……」

這是五架「復仇者」魚雷轟炸機的叫號的一部分，全稱是「FT-28」。但是，人們在這個時候根本不可能再

收到它們的訊號了。要知道，那五架「復仇者」魚雷轟炸機如果沒有出什麼事的話，他們的油料在19點鐘的時候就已經用完了，怎麼還會在天上飛行呢？怎麼還會發出訊號呢？

這時候，天越來越黑了，佛特勞德達基地指揮塔派出搜索的飛機只好返回基地，海面上的艦船卻還在繼續搜索着。

第二天天剛亮，佛特勞德達基地開始了大規模的海上搜索，一共出動了240架飛機，除了「所羅門」號航空母艦上的64架支援飛機以外，還動用了4艘驅逐艦、好幾艘潛艇、18艘海岸救護船，還有好多私人飛機、遊艇、小船和附近各個軍事基地的配合支援。

這是一次特別嚴密的海上搜索，每天平均動用167架次飛機，從早到晚在海面上方300米高處進行地毯式的搜索，一共搜索了大約有95萬平方公里的地區，包括太平洋、加勒比海、墨西哥灣的一部分、佛羅里達和附近的島嶼，一共用了4,100個小時。

可是，人們一無所獲，甚至連一塊油漬也沒有發現。

第二章　神秘的電子郵件

「**嗨**，張小開，這麼晚了，你找我們來有什麼事？」

「是啊，都已經12點了，為了不讓我爸爸、媽媽發現，我根本不敢從大門出去，是從窗戶爬出來的，到底發生了什麼事？」

這是一個星光燦爛的夏日之夜，銀河在城市的上空無聲地流淌，閃爍着神秘而迷蒙的光。説話的男生叫楊歌，女生叫白雪。他們剛剛到達他們的同學張小開的家門口，還沒進門，就急匆匆地問開了。

「你們先進來我再説。」

張小開把他的兩個同學都引進了他的家——一座漂亮而豪華的別墅中。張小開的父母都在國外工作，很多年以前，他的父親就在西郊處買下了這幢別墅。因為張小開的父母都不在家，這座別墅，自然而然地成為張小開和他從小到大一起長大的好朋友楊歌、白雪的聚集地

了。

「我收到了一封奇怪的電子郵件……」

當三人到達張小開的臥室時，張小開指着放在桌子上的一台手提電腦的屏幕説道。

「就為了一封電子郵件啊？」楊歌頗有些失望地説。

「這封電子郵件可不同一般……」張小開頗有些興奮地説。

「嗨，現在網上什麼沒有啊？我每天都會收到垃圾郵件。你竟然會因為一封莫名其妙的郵件讓我們興師動眾。」楊歌打了個呵欠。

「先別下結論，你們看一下就知道了。」

張小開將那封「不一般」的郵件從電腦裏調了出來。

楊歌和白雪都半信半疑地看起來：

寄件者：**神秘客**
收件者：**張小開**
主　旨：**給校園三劍客的任務**

張小開同學：

　　你好！

　　你將遇到的事情可能有些不可思議，但請相信，這一切都是真的！

　　雖然我們素昧平生，但我已經觀察你很久了。我了解你在網上的一切活動，也熟悉你的各種資料。我知道你是一位電腦天才，曾經得過中國中學生程式設計大賽的冠軍，也曾經阻止過連國際刑警都無可奈何的黑客攻擊國內某大型兒童門戶網站的行動。我還知道你和你的同學楊歌、白雪曾經一起出生入死地破解過許多神秘事件，因此，你們被稱為「校園三劍客」……我佩服你們，欣賞你們，如果可能，我很願意結識你們。但由於某種特殊的原因，我不能露面，請你務必原諒我的冒昧。

　　我有一事相煩：我一直在尋找一些既有知

識和應變能力，又充滿想像力的少年去幫我完成一項事業——破解地球上存在的未解之謎。你一定會説：且慢，大學有那麼多博學多才、經驗豐富的科學家放看不找，卻找你們這些中學生，一定是搞錯了吧？不，我相信我的選擇不會錯。成年人雖然在知識和經驗上比少年人強，但是，由於長時間的社會歷煉，他們的想像力受到了極大的磨損，思維常常過於理性。而破解未解之謎的事業，沒有足夠的想像力是不行的。所以，我選擇了你，還有你的兩位朋友——楊歌和白雪。我相信「校園三劍客」不會讓我失望的。

至於行動的經費和手續，請不必擔心，我已經為你們準備好了。將來你們如果還有什麼需要，只需在網上用Skype（帳戶是SM731）給我發一則短訊，我就可以提供給你們。你們可以調動直升機、輪船、潛艇及其他一切交通工具，有必要的話，甚至可以調動航空母艦。這一切只有一個前提：你們需要。

如果你和你的朋友們同意，我將委派給你

們第一個任務：調查「百慕達三角區」。你們三人的機票已經買好了，明天早晨8點飛往邁阿密，很快就會有人給你們送去。

　　向你們致敬，祝你們成功。

你的朋友：神秘客

　　「騙局，肯定是個騙局。白雪，你說我的話對嗎？」楊歌首先說道。

　　「是啊，小開，你怎麼會相信這樣一封電子郵件呢？我們都不是三歲小孩子。」白雪也頗為不解地說。

　　「沒錯，一開始我也不信。可是，今天傍晚，當我收到三張機票和三份出國簽證時，我就不得不相信了。」

　　張小開說着從抽屜裏拿出三張機票和三份出國簽證。令楊歌和白雪大為吃驚的是：三張機票上的名字分別是楊歌、白雪和張小開。三份簽證上的照片，也是他們三人的照片。

　　他們不由自主地被捲入了一場調查世界之謎的事件中了。

第三章　奧坎姆剃刀律

直到飛機起飛，「校園三劍客」都難以相信正在發生的一切事情是真的。

「這個『神秘客』究竟是個什麼人物？」

三人對此百思不得其解。但是，既然他們已經接受了「神秘客」的邀請，他們自然得盡快地開始他們對神秘事件的調查工作。事實證明，他們是優秀的，很快就進入了工作狀態。

張小開從他的電腦裏調出了昨晚從網上下載的「百慕達三角區」的資料：

「百慕達三角區」是一個神秘而恐怖的區域。通常「百慕達三角區」所指的範圍是從百慕達到邁阿密，從邁阿密到波多黎各，然後回到百慕達連成的三角形。整個區域有一百萬平方公里，也被稱為「魔鬼三角」、「厄運海」、「魔海」、「失蹤之地」。一個遼闊的海

域加上眾多島嶼之所以被起上這類不祥的諢名，顯然就是因為這裏有許多船隻和飛機，包括人員，都會無緣無故地失蹤而不留下任何痕跡的緣故。無人駕駛的鬼船飄來忽去，奇怪的光和反常的霧時而出現，羅盤狂轉不停，無線電則收發失靈……

世界上許多國家的科學家曾懷着濃厚的興趣去探索「百慕達三角區」之謎，不同專業的科學家從不同的角度，發表了成千上萬篇文章和專着對這些謎進行了探討。這些結論歸結起來可以總結為二十大假説：觸礁説、颶風説、龍捲風説、海水漩渦説、反旋風和下沉渦流説、大自然鐳射説、海底裂縫説、水橋説、晴空湍流説、黑洞説、超時空説、月球引力説、海底大洞説、海底燃氣氣泡説、地核移動説、次聲説、海底風暴説、磁異常説、飛碟母碟説、海底超文明説……

隨後，「校園三劍客」又讀到了使「百慕達三角區」聞名天下的首例飛機失蹤事件——第19飛行中隊失蹤事件。當他們得知僅僅在幾個小時當中，佛特勞德達軍事基地就神秘地失蹤了六架飛機、二十七個飛行人員

這樣令人驚駭的事件時，內心也感到了一絲恐怖，甚至在潛意識裏掠過一絲悔意。但「校園三劍客」畢竟不同常人，他們很快擺脫了不必要的恐懼情緒，臉上洋溢出渴望的神情。他們是初生牛犢，越是驚險、神秘和令人心驚膽戰的事情，對他們越具有誘惑力。僅僅是幾秒鐘之後，他們的心中，除了對探險成功的自信以外，就沒有其他了。性格活潑好動的張小開首先挑起了爭論：

「楊歌、白雪，你們瞧：資料上列舉了二十種百慕達之謎的假說，我認為可能性最大的是『黑洞說』。『復仇者』號會突然消失得無影無蹤，肯定是因為在百慕達的海底，有一個誰也不知道的黑洞把它吞噬了。」

白雪打斷了張小開的話：

「不，如果海底真有黑洞的話，它為什麼只吞噬『復仇者』號和『馬丁』號飛機，後來尋找他們的飛機和船隻卻安然無恙呢？我更傾向於『月球引力說』。很可能失事的時侯正是月亮、地球、太陽處在一條直線上，引潮力最大，造成了地球磁場擾動，從而使飛機船隻設備失靈，造成失事。而過了那個時辰，引力轉小，一切就又恢復正常了……」

張小開馬上想到了反駁意見，大聲說：

「我反對……」

這時，楊歌打斷了兩人的話，說：

「我們還沒有經過實地調查，任何猜測都沒有意義，你們知道『奧坎姆剃刀律』嗎？」

張小開和白雪都搖頭，問：

「什麼意思？」

楊歌詳細地向兩人解釋他從書中看來的「奧坎姆剃刀律」：

「設想你正在一條積雪的街上行走。在你前面有一個人戴着一頂黑色的高筒禮帽。街對面站着一羣男孩，覺得這頂禮帽是個很好的目標，其中一個扔雪球一下擊中了帽子，帽子飛走了……」

聽到這，張小開頗有些不耐煩了，問：

「這是跟『世界之謎』風馬牛不相及的事情……」

楊歌搖頭道：

「不，關係非常大。現在，假設我們根本不知道帽子是怎麼飛出去的，我們可以對帽子提出兩種假說：第一種假說是，來了一隻飛碟，把帽子吸走了；第二種

假説是，雪球把帽子擊落了。請問你們會選擇哪種假説？」

「當然是第二種假説，帽子被雪球擊落的。」張小開說。

「是啊，這是顯而易見的事情。」白雪也點頭道。

「是的，因為第二種假説的可能性要大一些。反過來看，這種假説也是最接近事實的。這就是科學上普遍適用的所謂『奧坎姆剃刀律』的簡單解釋。這條定律的意義，就在於説明，最可能的解釋就是最好的解釋。它之所以叫這個名稱，是根據十四世紀時一位英國哲學家兼神學家威廉‧奧坎姆命名的。需要補充的是，除非後來的證據排除某一最可能的解釋，奧坎姆定律就始終適用。」

「你説得倒也在理，可我還是不明白這跟百慕達的假説有什麼關係？」張小開仍然不太明白。

「當然有關係，」楊歌説道，「因為在現今出版的關於世界之謎的解釋和資料中，都或多或少地帶有違反『奧坎姆剃刀律』的情況。比如第19飛行中隊神秘失蹤之謎，除了被外星人劫持、被黑洞吞噬、誤入時間隧

道之類的解釋外，很少有人想過這樣一種更可能的解釋……」

「願聞其詳。」張小開做出洗耳恭聽的樣子。

白雪顯然也被楊歌的話吸引住了，仔細傾聽。

楊歌娓娓而談：

「雖然泰勒中尉當時究竟遇到了什麼可怕的事情我們目前還不得而知，但我們不妨這樣假設：當時飛行中隊迎面遇上了強勁的西北風，把飛機吹到了安德魯斯島以南的海域。由於飛行領隊泰勒中尉是新近調防佛羅里達州的，所以他從座艙往下看時，竟把這一地區誤認為是佛羅里達的南端，於是他向北作弧線飛行後，接着再向東飛行，想以此從西面靠近基地。可是這條路線只能把機隊帶進大西洋，並越過東面的巴哈馬羣島。

就是在這個時候，飛行中隊報告了它的迷航。漸漸地，他們飛出了無線電通報距離，便同基地失去了聯繫。由於飛機上的汽油用盡，或者遇到了猛烈的風暴，飛機便一頭栽入到大西洋裏了。至於後來的水上飛機失事，很可能是發生故障在空中爆炸，因此便在雷達屏上消失了。因為據資料顯示，這種型號的飛機在過去有過

不少同樣的事故，因為它們都有容易漏油的毛病……」

「照你這樣説，『百慕達三角區』之謎根本不是什麼謎，而是『天下本無事，庸人自擾之』的鬧劇。」

張小開對楊歌的説法深表不服。

「我不是這個意思。但是，毫無疑問，這種可能性比飛碟劫持之類的假説要更大一些，更接近『奧坎姆剃刀律』。」

就在這時，對周圍的事物格外敏感的楊歌，忽然感覺後腦勺涼颼颼的，他猛地回過頭去，目光與另一束**專注、陰冷、詭異**的目光相遇。

那人的目光與楊歌的目光對視了兩秒鐘，終於敗下陣來，轉向了舷窗外的靄靄白雲。

楊歌飛快地將那人上下打量了一番：這是一個三十歲左右的年輕人，穿着灰色的風衣，戴着灰色的禮帽，金髮碧眼，鼻樑挺直，眼窩深陷，臉部輪廓明顯，金邊眼鏡使他看起來文質彬彬但也有些冷酷。他身材健美，相貌英俊，令人聯想到古希臘美少年的雕塑。

他是誰？為什麼監視我們？他是給張小開發電子郵件的「神秘客」嗎？莫非他是影視裏常有的間諜特

工？……

　　楊歌腦中閃過一系列問題。在百思不得其解之時，他決定用超能力對陌生人的思維進行掃描。楊歌曾經在一個偶然的事件中進入了時空隧道，受時空隧道射線的輻射，具有了特殊能力，可以感知別人的思維。不過，楊歌平時從不隨便啟動他這種特殊能力，隨意探究別人思想的事他是不會幹的。只有萬不得已，他才會使用一下。

　　心靈的雷達啟動了，陌生人的思想以思維波的形式源源不斷地流入楊歌的腦中：

　　「……糟了，那個孩子發現我在監視他們了。快掩飾住。對付這幾個小孩子還是沒有什麼問題的。他的目光終於挪開了……小小年紀，竟然想解開『百慕達三角區』之謎，真是不自量力……總部委派給我的任務，我是要盡職盡責的……什麼？他在窺探我的思想，這個小孩子竟然有超能力！！！

　　「不能讓他繼續掃描我的思維了，快想一些完全無關的事情吧……」

　　隨後，楊歌腦中響起了嚦嚦啦啦的噪音──陌生人

已經發現了楊歌的企圖，看來，楊歌不得不關閉心靈的雷達，把思想拉回到現實中來。這時，他聽見張小開正和白雪討論着百慕達之謎的種種假説。

「這個陌生人是誰？莫非他也有超能力，不然他怎麼會知道我在掃描他的思維呢？還有，他想的『總部』是指什麼？……」

楊歌的心中升起了一個又一個疑團。

第四章　邁阿密

飛機在「校園三劍客」的緊張和期待中在邁阿密機場降落了。

當「校園三劍客」從飛機裏出來時，濕潤的海風拂面而來，明媚的陽光從天而落，照得他們睜不開眼睛。遠處的碧海藍天也在誘惑着他們，他們三人都感到由衷的興奮和激動。上飛機的時候是上午，來到相差十幾個時區的美國邁阿密，仍然是豔陽高照的上午，三人的心中洋溢着一種奇妙的感覺。

「這個地方我們初來乍到。雖然『神秘客』已經往我們三人的信用卡裏輸入了許多錢，可是，我們還得現在去找旅館，一點頭緒都沒有，也夠麻煩的。」

三人隨着其他乘客步下舷梯，張小開嘟嘟噥噥着說。

「誰說我們一點頭緒都沒有？你們看！」

眼尖的白雪指着離舷梯不遠的一輛黑色轎車喊道。

　　楊歌和張小開順着她指的方向看去，只見機場的跑道上竟然停着一輛黑色豪華轎車，旁邊站着穿着軍裝的一男一女。女的手中舉着一塊牌子，上面用中文寫着：

> 來自中國的
> ## 白雪女士、張小開先生、楊歌先生
> 有人接機

　　「哈哈，這可是第一回有人稱我為先生！」

　　張小開樂不可支。

　　楊歌卻保持着他特有的冷靜與沉着，說：

　　「林肯高級轎車，整體防彈設備，最先進的電子反探測系統，而且能開到機場跑道上來。這兩位接機的人不簡單，大有來頭。」

　　當「校園三劍客」走到那兩個接機人面前時，他們的目光依然越過三人的肩膀，眺望着下飛機的旅客——他們並不認識「校園三劍客」。

「叔叔，阿姨，你們好。我是張小開，這兩位是我的朋友楊歌和白雪。」

張小開放下行李，熱情地朝來接機的男子伸出了手。

然而接機的男子背在身後的手連動也沒動。他頗有些不滿意地說：

「上頭是怎麼安排的？說讓我們來接三位來自中國研究百慕達問題的專家，沒想到卻是三個乳臭未乾的孩子，有沒有搞錯？」

「校園三劍客」的心一下子冷了下來。楊歌不禁細細地打量了一下這位一身戎裝，大腹便便的軍官：他看上去四十歲上下，體型矮胖，腦袋呈三角形，上小下大，眼睛像黑鈕扣，又小又圓，渾濁愚蠢中透着圓滑和世故，一看就知道是個在官場混油了的傢伙。他的肩章上只有一顆豆豆——級別可真不低，竟然是少將軍銜。

張小開的手停在半空。他在尷尬萬分的同時，感到一股無名怒火正在胸中升起。如果不是因為胖子的個頭比他高，腰圍是他兩倍的話，他可真想狠狠地在胖子那膘着的肚皮上來一拳。就在一切陷入僵局的時候，張小

開感覺到一雙柔軟溫暖的手將他的手握住了，一個熱情友好的聲音對他說：

「歡迎你們，來自中國的小專家。這位是中央情報局的『金色基地調查委員會』主任考斯科少將，我是考斯科少將的助手梅蒂兒·卡西，你們以後管我叫梅蒂兒吧。」

說話人是站在胖子身邊的一位二十多歲的漂亮小姐。她皮膚白皙，滿頭黑髮，眉眼俊秀，身材高挑，如果不是穿着軍裝，常人還會以為她是演員或者模特兒。她的肩章是兩杠二星，級別也不低，是位女中校。她的目光中既有年輕人的機敏，又有超出她年齡的睿智；她的舉止既透着經過專業訓練的軍人的幹練，又顯露出受過良好教育的端莊。雖然她自稱是胖子的助理，但她和胖子站在一起時，胖子倒更像她的陪襯。她的美貌和看見三個孩子後流露出的和善親切的微笑立即博得了「校園三劍客」的好感。她接着說：

「歡迎你們來到美國，你們在我國停留期間的衣食住行都由我來負責，有什麼需要告訴我就行了。」

「梅蒂兒阿姨，不，梅蒂兒姐姐，你真好。謝謝

你。」張小開高興地説。

「你好，我叫白雪。」

「我是楊歌，請多關照。」

楊歌和白雪也分別和梅蒂兒握了手。

考斯科始終背着手連正眼都不看「校園三劍客」一下。臨上車時，他才對「校園三劍客」説：

「天知道你們這三個孩子的背景是什麼，上頭竟然叫我一個將軍大老遠地來接你們。我只是在奉命行事。上車吧。」

考斯科的傲慢和懊惱不是沒有理由的：雖然考斯科是個除了溜鬚拍馬，什麼本事都沒有的酒囊飯袋，但他的架子卻非常大。昨天，考斯科收到了一封從直屬上司特地傳過來、令他誠惶誠恐的電子郵件。這封郵件要求他到機場迎接號稱「三劍客」的白雪女士、楊歌先生和張小開先生，並且滿足他們的一切要求，協助他們調查百慕達的真相。郵件所使用的是嚴肅的、命令的口氣。考斯科感到任務的重要性，所以他在命令梅蒂兒安排一切的同時，決定親自接機。不料，眼下朝自己走來的卻是三個乳臭未乾的孩子，考斯科覺得自己受到了愚弄，

懊惱立即浮上心頭，並且擺出了對下屬慣用的傲慢姿態。

梅蒂兒坐在司機的座位上，考斯科坐在梅蒂兒旁邊，「校園三劍客」則坐在三排座的後兩排。這輛車的設備非常先進：汽車的後半部簡直就是一個小客廳，舒適的座椅、小冰箱、小電視、不同亮度的燈、車載電話，一應俱全，車內甚至還放了一台可以隨時從人造衛星接收訊息的電腦。汽車的前排則裝備了最先進的駕駛系統。就在「校園三劍客」欣賞車內設備的時候，考斯科用命令的口吻對三個孩子說：

「我會安排下屬陪你們遊玩幾天，然後買機票送你們回國。希望你們在逗留期間遵守我國法律，我的下屬會保證你們的安全。」

白雪已經猜到考斯科接到了協助他們調查的命令，於是冷冷地回敬道：

「少將先生，您所奉的命令就僅僅是安排我們遊玩幾天嗎？」

考斯科惱火了，回過頭來逼視着三人說：

「三個半大小孩，能查出個什麼究竟來？真不知天

高地厚！」

　　白雪針鋒相對地看着他：

　　「這麼説，您覺得您所奉的命令是錯誤的嘍！」

　　考斯科頓時語塞。他氣急敗壞地一拳砸在控制板的按鈕上，升起前排與後座之間的隔音玻璃。這樣，前後排之間就只能通過話筒通話了。

　　三人相視而笑。這時，梅蒂兒假裝轉身去拉窗簾，朝他們投來歉意的一笑。三人立即明白，她不是像考斯科一樣的虛偽政客，待人處世和考斯科完全兩樣，心中對她的好感倍增。

　　車子飛快地朝前駛去，好奇的張小開纏着梅蒂兒問這問那。梅蒂兒一邊回答着張小開的問題，一邊觀察着這三個不同凡響的孩子。她發現張小開頭腦靈活、詼諧有趣，話多但並不討厭；楊歌表情幾近冷漠，渾身上下透出一股不為外物所動的冷靜；而白雪則以她的博學多識和聰明細心顯示出她的靈慧。

　　張小開突然問道：

　　「梅蒂兒姐姐，為什麼您擁有西方人的高鼻子和白皮膚，卻又有東方人的黑頭髮和黑眼睛呢？」

梅蒂兒微微一笑，説：

「我有一半的東方血統。我的父親是美國人，母親卻是中國北京人。你接下來的問題是不是問我的中文為什麼説得這麼流利？我已經一塊兒回答了。」

張小開拍着手跳起來：

「太好了，我們還是半個老鄉呢！」

白雪卻觀察到梅蒂兒剛才的微微一笑中洩露出一絲苦澀。

就在這時，汽車已經駛入一座大廈的地下停車場。梅蒂兒告訴他們：

「這是邁阿密地方情報局的辦公大樓，給你們安排的住處就在這棟樓的頂層，是一個大套間，一共有三個房間。每個房間都裝有一台電腦，可以直接查閱中央情報局關於『金色基地』的所有資料。如果有什麼生活上的需要，按照電腦上存入的電話號碼給我打電話就行；如果是其他問題，就得給考斯科少將打電話。在配合你們調查這件事上，他只肯給我這麼大的許可權。不過在任何事情上我都會盡力幫助你們的，畢竟我們還是半個老鄉呢！」

第五章　克魯斯上校的故事

梅蒂兒領着「校園三劍客」乘電梯到了頂層的房間。室內的布置雖不華麗，卻舒適而實用，冰箱裏還塞滿了食物。梅蒂兒知道這三個孩子不簡單，能夠自己照顧自己，也就沒有説多餘的話，向三人簡短告別之後便離去了。

梅蒂兒走後，「校園三劍客」立即對房間進行檢查，他們在客廳和每個人的房間裏都發現了監視系統的攝像鏡頭。他們對這一設置極為不滿，楊歌三弄兩弄，就把那些攝像鏡頭通通破壞了。在房間裏，他們還發現了三個竊聽器，他們把竊聽器打開，接到客廳電視機的耳機上，又把電視機打開，這樣，那些監視他們的人也只能聽見電視的聲音了。

一切安定之後，「校園三劍客」馬上進入工作狀態。他們打開房間裏的電腦，開始查閱關於「百慕達三角區」的相關資料。

　　「校園三劍客」連續工作了三個多小時，閱讀了相關的上千份資料。他們發現，幾十年來，在百慕達三角區失蹤飛機的具體情況雖然大同小異，但都是神秘失蹤，而且在數量上要此他們過去了解的多好幾倍。這說明，百慕達確實是一個異常地區，楊歌曾説過的「奧坎姆剃刀律」不適用於「百慕達三角區」之謎。令他們感到遺憾的是，電腦裏的資料雖多，但它們和已公開的資料一樣，都沒有記錄失蹤者們失蹤後的任何痕跡和線索。

　　但是皇天不負有心人。很快，一件失蹤案引起了「校園三劍客」的注意：

　　1967年初夏一個陽光明媚的清晨，美國上校克魯斯與未婚妻伊麗莎白在碼頭依依惜別。克魯斯本來是美國空軍的一名飛行員，由於在二戰中表現卓越，戰爭結束後沒有退伍，而是被調到中央情報局的「空中現象調查處」（「金色基地調查委員會」的前身），專門調查百慕達三角區的神秘失蹤事件。十二年過去了，他已經由當年二十歲出頭、意氣風發的青年變成了幾近中年的滄

桑之人。遇見伊麗莎白之後，他開始有了成家的念頭。

　　伊麗莎白是一個畫家，雖然無父無母，卻有一個家財萬貫的舅舅。作為舅舅的唯一繼承人，她從來沒有經濟上的壓力，並不把畫畫當成謀生的途徑，可是她畫的畫卻偏偏大受歡迎。伊麗莎白非常漂亮，尤其是那希臘式的高鼻子，令克魯斯百看不厭。與伊麗莎白相戀兩年的克魯斯認為到了談婚論嫁的時候了，於是他向伊麗莎白求婚，並準備去夏威夷度蜜月。伊麗莎白非常高興。誰知舅舅聽到這個消息後，卻要求她再多陪自己幾個月，乘着他新買的遊艇環遊世界之後再結婚。

　　克魯斯覺得有些難以接受：婚姻是兩個人的事，為何舅舅說推遲就推遲呢？

　　伊麗莎白知道克魯斯一貫都是吃軟不吃硬的，於是好言相勸道：

　　「你就體諒一下我和舅舅吧。我是他最親的人，現在就要永遠冠上你的姓了，他自然捨不得。我們有幾十年的日子要過，也不差這幾個月，對不對？」

　　克魯斯被她說服了，但請求她先戴上他剛買的結婚戒指。伊麗莎白答應了。遊艇出發的那天，克魯斯一直

把伊麗莎白送上遊艇，再三叮囑她早點回來。

不料幾個月以後，克魯斯等來的卻是遊艇返航時在「百慕達三角區」失蹤的消息。全船人員無一人生還，遊艇也無影無蹤。幾十架搜索的飛機在海面上盤旋了幾天，一無所獲，連一片殘骸都沒有發現。

這次失蹤事件與以前發生在百慕達的其他失蹤事件並沒有什麼不同之處。當時的百慕達已被人們稱為「死亡三角區」，但克魯斯可以接受以前發生的各種離奇失蹤案件，卻不能接受自己的未婚妻同樣失蹤的結果。他堅信伊麗莎白不會對他毫無交代就離開這個世界，她一定還活着。

克魯斯向上司請求兩個星期的假期，決定親自駕機前往百慕達，尋找伊麗莎白。他的上司極力反對他這麼做，因為伊麗莎白所乘坐的遊艇失蹤的當天及以後的幾天，已有幾十架飛機對遊艇失蹤地點的方圓幾百公里海面進行了全面搜索，確實沒有任何發現，克魯斯單人獨機的搜索不可能更仔細、更全面。

但克魯斯決心已下，即使不准他放假，他也會違規駕機搜索。上司勉強答應了他的請求。克魯斯少校選

了一個萬里無雲、能見度極好的晴天，獨自駕駛着一架飛機來到百慕達的上空。他在出事地點盤旋了幾圈，正準備降低飛行高度時，突然發現海面上靜靜地漂着一艘船，他定睛一看，似乎正是伊麗莎白乘坐的那艘失蹤的遊艇。

克魯斯極力壓抑着因激動而加快的心跳，拉動操縱桿把飛機降低到遊艇上方，仔細地觀察遊艇。沒錯，就是它！送別伊麗莎白的時候他曾親眼見過它，絕對不會錯！

克魯斯激動得幾乎撐不開無線電通訊器。他向總部報告了他的發現，要求派人員和船隻來協助他登上遊艇。

附近海面的幾艘巡邏艇接到總部的命令，立即朝克魯斯所在的位置前進。克魯斯的一名同事攀着繩梯爬上飛機，接替克魯斯把飛機開回基地；克魯斯則順着繩梯來到了遊艇上。

遊艇上空無一人。克魯斯將遊艇的每一個角落都找了個仔仔細細，也沒有發現任何打鬥、劫掠的痕跡。在一個房間裏，他還發現了伊麗莎白的一些日常用品，房

間裏的一切都擺放得整整齊齊。看着伊麗莎白留下的這些細小物品，其中還包括兩人甜甜蜜蜜的合照，克魯斯傷心欲絕。

就在他呆呆發愣的時候，從遊艇的某個角落裏傳出了隱隱約約的狗叫聲。他突然記起伊麗莎白上船的時候把心愛的小狗皮皮也帶上了，難道牠還活着、還留在船上？

克魯斯立即循着狗叫的聲音找過去，邊走邊叫着：

「皮皮，皮皮！」

小狗汪汪叫的聲音越來越近，克魯斯終於在船尾的一個大木箱裏找到了牠。小狗一見到克魯斯，叫聲就變成了撒嬌的嗯嗯聲。克魯斯抱着皮皮，乘船上岸，回到住處。

在給皮皮洗澡的時候，克魯斯發現牠背上有傷口——那是四個菱形的烙痕，在皮皮的背上排成一個整齊的大菱形，整齊得就像用尺規畫好再烙上去似的。克魯斯看着那個由四個標準菱形排出來的菱形圖案，百思不得其解。

幾天之後的一個傍晚，總部突然召集開會。克魯斯

一時來不及找人照顧小狗，就把牠帶到辦公大樓，託值班室的一位小姐照顧。

這次突然開會的原因是有人再次聲稱拍到了飛碟。為了鑒別這卷錄影帶是否像上回一樣屬偽造而成，上司召集空中現象調查處的所有成員和有關專家開會。

錄影的開頭是百慕達如詩如畫的風景。突然間，畫面上出現了一個圓盤狀的發光物體，就像兩個碟子扣合在一起的形狀，並且發出巨大的、刺耳的聲音。慢慢地，圓盤的旋轉速度越來越快，發出的光越來越強烈，聲音也越來越刺耳。

就在這時，會議室門口傳來了狗的狂吠聲，所有的

人都朝門口看去。說時遲，那時快，轉眼間，那隻狗已經朝大屏幕衝過去。

克魯斯趕緊大叫着：

「皮皮，停下！」

他一個箭步衝上去把狗抱住。

克魯斯的上司大發雷霆：

「誰允許你把狗帶進會議室的？」

克魯斯卻覺得皮皮的強烈反應是由於屏幕上出現的那個神秘物體。他申辯道：

「對不起，將軍。但是我覺得這正好給了我們一條線索：一個星期前的遊艇失蹤與剛才出現在屏幕上的物體有關！您看，這條狗背上的傷痕與剛才屏幕上出現的物體上頭的舷窗形狀一模一樣。我們也許可以循着這條線索查出所有船舶和飛機失蹤的真相！」

將軍冷冷地打斷他：

「克魯斯少校，我們甚至還沒有判斷這卷錄影帶的真偽。也許你的狗只是受不了剛才的巨大聲響，記着下回別把不該帶的東西帶進會議室。」

他走到麥克風前，說：

「今天的會就開到這裏。請各位謹記保密條例，不要向外界透露任何不該透露的東西。」

克魯斯少校帶着皮皮悶悶不樂地回到住處。他百思不得其解：

為什麼上頭會對這麼明顯的線索視而不見？

他們是否不願意繼續追查下去？

可是調查百慕達的神秘現象不正是成立這個部門的主要目的嗎？

電話鈴突然響起，打斷了他的思緒。他拿起聽筒，裏面傳來的是一個年輕女子的聲音：

「克魯斯少校，我剛去了百慕達，帶回來一些東西，與你有關。你願意出來看看嗎？」

克魯斯的一顆心立即提了起來：

「你帶回來什麼東西？什麼與我有關？」

電話那頭說：

「我暫時不能告訴你是什麼東西，你現在來你家斜對面的咖啡屋就知道了。我叫勞拉，穿淺藍色毛衣和牛仔褲。我等你十分鐘，你不來就等着後悔一輩子吧！」

電話被掛斷了。克魯斯抱起皮皮，飛一般地衝了出去。

到了咖啡屋，克魯斯果然看見一個穿藍毛衣、牛仔褲的姑娘朝他揮手。他走到桌子前坐下，迫不及待地問道：

「你找到了什麼？快拿給我看看！」

他是個軍人，十幾年的軍旅生涯早已造就了他的冷靜和沉着。但是，現在事關伊麗莎白的生死，他無法叫自己冷靜。

那位叫勞拉的姑娘微微一笑：

「我可以讓你看，我甚至可以把它給你，因為它本來就是你的東西。但是我想先向你說明我的來意。我是《邁阿密快報》的記者，我有交換條件：把你們調查處今晚開會的所有情況告訴我。」

克魯斯斷然拒絕：

「絕對不行，除非我打算丟了飯碗，並且願意在監獄裏度過下半生。」

勞拉打開提包：

「那我先讓你看一樣東西，你自己來判斷它是否值得交換我要求的情報。」

她把拿出來的東西放在手心，再把手伸到克魯斯眼前，慢慢張開。克魯斯一看到那樣東西，就騰地站了起來，把它搶在自己手裏，眼睛慢慢地紅了。那是一枚鑲着鑽石的白金戒指，內側還刻着一行小字：「伊麗莎白·克魯斯，真愛永存。」千真萬確，這是他送伊麗莎白上船時給她戴上的。

　　他厲聲逼問勞拉：

　　「你在哪兒發現它的？你還發現了什麼？」

　　勞拉依然不緊不慢地說：

　　「你的東西已經還給你了，我想我沒有義務回答你的問題，除非你答應我的交換條件。」

　　克魯斯暗暗歎了口氣，他知道他沒有別的選擇。他把心一橫，決定不計後果。他現在唯一的目標就是找到伊麗莎白，失去了她，得到整個世界又如何？

　　他彎下腰，把皮皮抱到桌面上，將剛才開會的情形一五一十地告訴了勞拉。勞拉覺得大惑不解：

　　「那位將軍的表現，怎麼給我的感覺是他要阻止深入調查？」

　　克魯斯心裏咯噔一下，他倒是沒往這方面想，經

勞拉這麼一說，他也覺得有同感。可是這個假設正確與否，是他和勞拉都無法查證的。他提醒勞拉：

「記住，假如明天天氣好，我會來找你，你帶我去發現戒指的地方看一看。」

勞拉同意了。兩人收拾東西，離開了咖啡屋。分手的時候，克魯斯問道：

「你能不能答應我，不把今晚從我這兒得到的消息登在報上？」

勞拉嫣然一笑：

「你別忘了我是個記者。」

第二天一大早，《邁阿密快報》以整版刊出頭條新聞：情報局隱瞞飛碟真相，失蹤船上小狗傷痕可以作證。克魯斯的上司大發雷霆，立即下令將克魯斯停職調查，並且派人對他進行二十四小時監視。

這種結果是克魯斯早已預料到的。他甩掉了跟蹤他的兩名情報人員，找到勞拉，租了一架民用飛機，前往百慕達。

調查處發現了克魯斯的去處，立即用雷達監視，並且派出兩架飛機跟蹤。

一個小時後，克魯斯駕駛的飛機從雷達屏幕上失蹤。被派去跟蹤的兩架飛機在百慕達上空盤旋了幾個小時，直到燃油即將耗盡，也沒有發現克魯斯、勞拉和飛機的蹤影，海面上也沒有任何飛機墜毀的跡象。

　　第二天，克魯斯和勞拉奇跡般地出現在海灘上。克魯斯接受了調查處的處分，並且要求退役。之後，他很快與勞拉結了婚。令人奇怪的是，他再也沒有提起過伊麗莎白，好像已經把她忘得乾乾淨淨了。他以前的同事試探性地對他提起百慕達，他總是一副若有所思的樣子，然後說：

　　「那是一個風景優美的地方。」

　　他就此打住話題，任何人都別想多掏出一個字。問勞拉，答案也是一樣。

　　此外，那卷引起小狗狂吠的錄影帶在開完會後的當天晚上突然起火，燒成一團灰燼，但同一個房間內存放的其他物品卻完好無損。小狗皮皮也在克魯斯和勞拉駕機去百慕達之後突然神秘失蹤，再也沒有出現。

　　看完了整個事件的描述，白雪、楊歌和張小開面面

46

相覷，都覺得離奇，太難以置信。白雪問：

「你們倆覺得這中間有哪些疑點？」

楊歌沒有出聲，張小開說：

「疑點很多，但是查了一下午的資料，腦子裏亂糟糟的，說不出個所以然來。」

白雪說：

「最大的疑點有四個：第一，別的飛機和船隻失蹤以後都再也沒出現過，而伊麗莎白乘坐的遊艇先是無影無蹤，然後又在克魯斯少校去尋找伊麗莎白的時候完好無缺地出現，船上沒有人，卻有一隻小狗；

「第二，在專門調查百慕達現象的調查局裏，卻有人在出現非同一般的線索時阻止繼續調查；

「第三，以前失蹤的人，再也沒有出現過，而克魯斯和勞拉卻毫髮無損地回來了，沒有人知道原因；

「第四，寧願冒坐牢的危險也要尋找伊麗莎白的克魯斯，竟然與勞拉閃電般地結了婚。

「另外還有的疑點當然是錄影帶的起火、小狗皮皮的反常表現和再次失蹤。怎樣才能找到這些問題的答案呢？」

白雪和張小開苦苦思索着合理的解釋。楊歌沉吟片刻，竟露出了難得的微笑。白雪和張小開知道他想到了解決的辦法，於是一起催他快說。

楊歌説道：

「説起來很簡單，我們可以先查查看克魯斯和勞拉是否還活着？如果還活着，查出他們的住址，找到了他們，就算他們不願透露曾經發生過什麼事，我也可以用一下我的超能力。」

「好主意，找克魯斯和勞拉的事情就交給我了。」張小開拍着胸脯説。

想到事情有了眉目，白雪臉上也露出了開心的微笑。

張小開不愧為電腦高手，片刻之後，他就興奮地從屏幕前抬起頭來，説：

「他倆都還活着！就住在離市區不到一百公里的摩西小鎮上！」

他們又查了前往那個小鎮的乘車路線，決定第二天去尋訪克魯斯和勞拉。

第六章　訪問摩西小鎮

第二天一早，「校園三劍客」就離開了「金色基地」，坐上了開往摩西小鎮的長途汽車。上車後沒多久，楊歌突然從座位上轉過身，打量着車裏的每一個人。張小開拍了他一下，問他：

「怎麼了？」

楊歌小聲說：

「剛才我的**第六感**告訴我車裏有**我見過的人，**但現在車上的人我**通通都不認識**。不知道是怎麼回事？」

白雪安慰他：

「也許是剛才有你見過的人從車旁邊走過。」

楊歌覺得有道理，就不再去想這件事了。

兩個小時後，他們下了汽車，來到小鎮上一座白色的、小巧的兩層樓房門前。小樓精巧雅致，門前的一大片空地種滿了花草和各種各樣的灌木，整個院子用矮矮

的欄杆圍了起來。

張小開按了幾下門鈴，無人應門，於是大聲問：

「請問屋裏有人嗎？」

一個蒼老的聲音從鐵門附近的灌木叢中傳出來：

「你們是誰啊？我好像並不認識你們。」

一個高大卻因蒼老而有些佝僂的身影從灌木叢中鑽出，朝「校園三劍客」走過來。白雪心中猛烈地顫抖了一下：這不就是照片上的那個克魯斯上校嗎？當年那個開着飛機獨闖「死亡三角區」百慕達的英武軍人，竟然已經蒼老成這副模樣！

不過，仔細推算一下，當年三十歲出頭的克魯斯少校，已經經歷了另一個三十多年的滄桑，算起來該是年近七旬的老人了。歲月真是不饒人啊！

白雪正沉浸在感慨中，張小開張嘴欲問：

「請問這是不是——」

白雪趕緊捏了一下他的手，改問道：

「爺爺您好，我們是中學生，住在市區，今天結伴出來郊遊。路過您的家時，看見院子裏的花很漂亮。我們可以進來看看嗎？」

克魯斯上校沒有生疑，樂呵呵地笑了，打開院門，說：

「當然可以，請進來吧。」

白雪讓楊歌走在前頭，故意走在後頭叮囑張小開：

「千萬別亂說話，更別問人家不願提及的問題。我們只是跟他隨便聊聊家常，其他的由楊歌來做。」

克魯斯上校邊走邊說：

「我看你們幾個也走累了，先到屋裏坐一會兒，我再領你們看花。」

白雪緊走幾步，扶着老先生上台階，笑吟吟地問：

「我們怎麼稱呼您呢，老爺爺？」

老先生疼愛地看着她：

「我姓克魯斯，叫我克魯斯爺爺吧。可惜勞拉不在，要不然你們就有口福嘗到她做的美味草莓布丁了。」

這時，「校園三劍客」已經確信無疑，這就是他們要找的人。

說話間，他們已走進客廳。白雪環顧四周：客廳和一個廚房、一個洗手間就是一樓的全部；客廳的三面都

是玻璃，坐在屋子裏就能把整個花園一覽無餘。除了一些必要的傢具和牆上掛的生活照片、裝飾畫之外，客廳裏沒有其他的裝飾物，更沒有一個飛機模型或一幀飛行時的照片。白雪心想：會是什麼樣的經歷，能夠讓一個熱愛藍天、在空中馳騁那麼多年的人，永遠地把飛機和藍天排除在自己的生活之外？

這時，克魯斯已經給他們端上了茶水和糕點。白雪問道：

「克魯斯爺爺，您退休以前是做什麼的呀？我看您走路的姿態，好像是軍人，一步一步可標準了！」

克魯斯微微一笑，「我參加過二戰。」

張小開接着問道：

「那後來呢？」

克魯斯停頓了一會兒。從他若有所思的表情來看，「後來」兩個字，似乎讓他想起了許多許多東西。許久，他才回答道：

「後來我與勞拉結了婚，回到我父母住過的這個小鎮上。我喜歡花，就種了一院子的花花草草；勞拉就在鎮子入口那兒開了一家花店，把一些花拿過去賣。幾十

年就這麼過來了！」

張小開看他黯然神傷的樣子，趕緊把話題扯開，跟他聊起剛才在鎮上見到的一些人和事。白雪見楊歌已經站起來，看着院子裏的花草，便裝作很感興趣的樣子，央求道：

「克魯斯爺爺，可以給我們介紹一下您最喜歡的花嗎？」

克魯斯的臉上重新露出了笑容，領着三個孩子朝院子走去。

克魯斯在院子裏向「校園三劍客」介紹着各種來自世界各地的奇花異草。要在過去，對生物學非常感興趣的白雪一定會充滿好奇地向克魯斯問這問那，可是現在，她一心惦記着百慕達的事情，有一搭沒一搭地聽着。在這期間，楊歌一直在探測克魯斯的潛意識，一言不發。突然，他開口問道：

「克魯斯上校，你認識伊麗莎白嗎？」

正起勁地介紹花卉知識的克魯斯聽見「伊麗莎白」四個字就像被晴天霹靂擊中一樣，像蠟像似的呆愣了兩秒鐘，之後便充滿警覺地問道：

「伊麗莎白……你們怎麼知道伊麗莎白？你們是什麼人？」

「校園三劍客」有一剎那也都愣住了，他們雖然預料到克魯斯在被問及這個問題時會有較為強烈的反應，但是，一旦這種強烈反應爆發出來之後，他們還是頗感驚訝。

「我們是……我們只是三個普通的中學生。」

白雪反應過來，說道。

「中學生？……我看你們是想探聽什麼秘密來的小間諜！走，給我從這裏走開，越遠越好！」

克魯斯在一剎那間和剛才那個和藹慈祥的老人判若兩人：他像一頭發怒的獅子似的把三個孩子推出院子的門外。

「爺爺，你聽我們解釋……」白雪和張小開連聲說着。

克魯斯卻根本不想聽他們的解釋，重重地把院子的門關上，然後轉身回到小白樓，也「砰」的一聲關上了門。

「校園三劍客」站在克魯斯院子的門外，面面相

覷，尷尬萬分。

　　從克魯斯家離開、走向汽車站的時候，張小開喃喃地說：

　　「奇怪，克魯斯先生怎麼會在**一瞬間判若兩人**？」

　　「那是因為我們觸到了他心靈的痛處。」白雪回望了一眼克魯斯的白房子說道。隨後，她又無限感慨地說：「真沒想到，一個是有着赫赫戰功的飛行員，一個是躊躇滿志的大報記者，竟會甘願雙雙隱姓埋名，在這個偏僻的小鎮上養花弄草，默默地過完後半生。」

　　一直沉默的楊歌突然說：

　　「這對他倆來說也沒什麼不好。」

　　張小開急切地問：

　　「是不是你剛才用腦電波探測到什麼了？」

　　楊歌向四周張望了一下，說：

　　「我們不能在這兒討論，回到住處再說吧。」

第七章　梅蒂兒的憂傷

回到「金色基地」，關上門，張小開和白雪就迫不及待地問楊歌：

「楊歌，有沒有發現什麼對我們有幫助的東西？」

楊歌沉吟了一會兒，說：

「要從克魯斯的大腦裏發現我們需要的秘密可真不容易。他似乎將伊麗莎白和『百慕達』那段往事深深地埋在了記憶的最深處。那段記憶，只閃現了兩次。一次是小開問到克魯斯上校二戰『後來』做什麼；另一次，則是我有意提到伊麗莎白。

「他第一次回憶過去時，腦海裏浮現出一隻圓盤狀、會發光、會旋轉的物體，可能是UFO。

「第二次他腦中浮現出一張臉，一張漂亮的、女人的臉，但不是我們看見的客廳裏照片上的那個勞拉。因為當時我提到『伊麗莎白』，所以，她應當就是伊麗莎白。克魯斯的那段記憶很模糊，因為他的潛意識要他

把這一段經歷忘記，他不願意記住這段經歷。我想即使真讓他説，他也未必能把『百慕達』的經歷完整地説出來。話又説回來，由於那兩樣東西在他記憶裏銘刻得太深了，他想抹也抹不去。」

張小開困惑地説：「他在百慕達究竟遇見了什麼事？『百慕達三角區』真是一個地獄一樣的地方嗎？」

白雪點頭説：

「我們的調查雖然有了進展，但線索仍然不夠明晰。我們還應當認真地查一查資料，也許會發現新的線索。」

「説的也是。」

張小開和楊歌異口同聲地點頭道。很快，三個人打開了各自的電腦，又潛入漫無邊際的信息海洋開始了搜索。

正是天道酬勤，他們很快又找到另一個對研究非常有價值的失蹤案例：

半年前，一位被公認為科學界泰斗的德國著名物理學家凱勒宣布，他製造出了一台能探測來自其他星球

或太空的磁場力的儀器；幾乎同時，另一位日本著名物理學家加納一郎也宣布，他製造出了一台能探測來自海底甚至地心引力的儀器。他們倆不約而同地想到了百慕達：不是有人推測説「百慕達三角區」飛機和輪船的失蹤都是由磁場力或引力造成的嗎？這兩項成果加起來正好可以運用到這個領域！

於是這兩位科學家聯名邀請世界各國、各個領域的頂尖研究人員前往百慕達，試圖解開這個最大的世界之謎。他們的提議立即得到世界上許多科學家們的回應。

這兩位科學家把所有同意前往的人員編成名單，以研究領域和研究成果為依據進行了篩選，從中挑出了六十二人，全都是各國、各個研究領域的領先人物。然後，他們接受了各國政府的資助、各大集團的贊助，訂造了一艘迄今為止世界上最堅固、最耐用的探測船——「科學先鋒號」，船上還配備了通訊、探測、計算等各方面的先進儀器。他們帶上各自的研究成果在約定的地

　　點聚集後，坐着「科學先鋒號」朝百慕達前進了。

　　一個月前，這艘載着六十四名世界頂尖級科學家的探測船到達了百慕達。可是和以前的每次失蹤案一樣，當「科學先鋒號」深入「百慕達三角區」腹地時，它就像水汽蒸發一樣消失了：這艘新造的、使用了各種耐用材料和最新設備的探測船以及船上的六十四名科學家全都在百慕達的海面上消失得無影無蹤！

　　整個世界都為之震驚、為之痛惜！

　　各國出動了大量的飛機和輪船，以百慕達海面為中心進行搜索。許多國家的政府和各大科研機構都宣布，要不惜一切代價把這些科學家找回來。

整整一個星期，百慕達海面上日夜不停地有飛機和輪船在搜索。但是，所有的搜索都一無所獲，人們慢慢地失去了信心，搜索隊伍一支一支地撤走，百慕達海面上逐漸恢復了平靜。但是，這次失蹤案再次給世界留下了一個不解之謎。沒有人知道這些科學家是否還活着。如果還活着，他們又去了哪裏？

　　看完這段記錄，「校園三劍客」久久沒有作聲，每個人都被這件事震撼住了。

　　沉默良久，白雪問道：

　　「還有沒有其他有價值的線索？」

　　張小開搖搖頭說：

　　「我這邊沒有了。」

　　這時，楊歌卻指着他的電腦，對二人一字一頓地說：

　　「有！我發現，*梅蒂兒的母親也是在百慕達失蹤的。*」

　　「什麼？梅蒂兒的媽媽也是在百慕達失蹤的？什麼時候？怎麼發生的？」

　　白雪和張小開聽了楊歌的話大吃一驚，異口同聲地問。

　　楊歌説道：

　　「那已經是五年前的事了。那時梅蒂兒的父親因為研究成果卓著，剛剛從一所大學的物理研究所調到美國的國家核子物理研究中心，擔任研究小組的組長。家人都為他高興，認為他找到了能更好地發揮才幹的地方；但梅蒂兒的父親，也就是卡西先生，卻認為這不一定是一件值得慶幸的事。他更願意進行理論研究，或者將研究成果應用於工業開發。」

　　張小開急切地問：

　　「這件事跟卡西太太的失蹤有什麼關係呢？」

　　楊歌説：

　　「我也不知道，我只是覺得這件事值得注意，所以説給你們聽。卡西先生調職沒多久，卡西太太接到了她在北京唯一的親人——老父親逝世的消息。她當時悲痛欲絕，立即回家奔喪。因為梅蒂兒當時正忙着趕碩士畢業論文，卡西先生剛到新的工作崗位，事務繁忙，卡西太太堅持不要他倆陪同，獨自回了北京。

「一個星期後，當卡西太太返回美國時，她乘的那架飛機在百慕達上空消失了，卡西太太和其他乘客一起失蹤。卡西先生悲痛欲絕，自責不已，從此無心於事業，退出了核子物理研究中心。梅蒂兒拒絕接受母親已經離開人世的說法，發誓要查清百慕達的真相，找到母親的下落。她原本學的是經濟，打算做一名經濟學家。母親出事後，她放棄了原來的理想，專門研究百慕達的有關資料，後來進入了『金色基地調查委員會』，其實就是原來的『空中現象調查處』，只不過改了個名字而已。她工作非常努力，慢慢升為現在的主任助理。」

　　楊歌接着又從電腦裏調出卡西太太的照片：那是一個典型的中國美女的模樣，鵝蛋臉，柳葉眉，黑亮的眼睛，長長的黑髮梳成髮髻，臉上蕩漾着溫柔的微笑。一看就知道這是一個愛家人的賢妻良母，難怪梅蒂兒和父親在長達五年的時間裏都不願把她從記憶裏抹去，不願放棄把她找回來的決心。

　　白雪點頭說：

　　「我現在終於理解梅蒂兒為什麼能夠忍受考斯科這樣的上司。」

　　張小開也握緊拳頭，喃喃地說：

　　「我們一定要揭開百慕達之謎，幫梅蒂兒把媽媽找到。」

　　楊歌這時卻把話鋒一轉，問二人：

　　「你們發現一個疑點沒有？」

　　白雪和張小開異口同聲地問：

　　「什麼疑點？」

　　楊歌道：

　　「我們從北京來這裏的路上，似乎並沒有經過『百慕達三角區』，梅蒂兒的媽媽乘坐的飛機也是從中國來的，她坐的飛機也不應當經過『百慕達三角區』，為什

麼會在百慕達失蹤呢？」

張小開當即反駁：

「這當然有可能啦，也許從中國來的飛機在梅蒂兒媽媽坐的飛機出事之前是經過『百慕達三角區』的，之後又改道了；也許她不是從中國出發，而是從別的地方出發，航線確實經過了百慕達；也許……」

白雪搖搖頭說：

「先不要說那麼多也許了。小開，現在最可行的辦法，就是查一查卡西太太乘坐的那班失蹤飛機的資料。」

張小開連連點頭，立即坐到電腦前開始工作。他很快查出了五年前失蹤的那班飛機的具體日期，之後又進入國家民航總局的資料庫，因為登記客人的名單並不是機密資料，沒費多大勁就調了出來。

他們發現：五年前的那班客機原來的航線本來是不必經過百慕達的，由於某種特殊的原因，在卡西太太出

事的那天改航線經過「百慕達三角區」海域。之後，航線又改了回去。非常巧的是，就是在那天，改了航線的客機失蹤了，而卡西太太確實就在那班飛機上。

「校園三劍客」沉默不語了。

他們由此又發現了兩個疑點：一、那天的飛機為什麼要改航線經過百慕達？二、為什麼偏偏就是那天的飛機失蹤了？

「校園三劍客」決定將百慕達之謎調查到底，徹底解開所有的疑團。

第八章　乞丐信徒

「**我**們一直到現在都只是停留在資料搜集和分析階段，或許我們應當實地考察。」楊歌提議說。

「有道理。」白雪點點頭道，「對了，我們在去找克魯斯的路上，經過了一個海灘。那是一個遊人雲集的地方，路邊還有一個酒吧。這種場合三教九流的人物都會去，小道消息也最多。我們到那兒探探消息也許會有收穫？」

張小開和楊歌都覺得很有道理，點頭同意：

「好，我們現在就出發吧。」

這時，電話鈴響了，白雪拿起話筒，問道：

「你好，哪位？」

電話裏傳來考斯科傲慢得無以復加的聲音：

「我是考斯科少將。聽好了，我並不相信你們任何一方面的能力，除了搗蛋、吹噓和不懂禮貌之外。我也不認為你們的所謂調查會有任何有用的結果，這種正經

事是應該由我們成年人、我們這些專家來做的……」

白雪打斷了他的無理教訓：

「請問，多年來貴國的成年人及各位專家們的調查結果在哪裏？我們的任何能力都不是由您來肯定或否定的，我們到這兒來也不是為了請您對我們作出評價。邀請我們到這兒來調查、命令您配合我們調查的那個人，自有他這麼做的理由，您有什麼意見可以直接對他說。」

考斯科有些氣餒，他當然無法向那個對他發出命令的人提出抗議。但是他仍然不願放棄他的打算：

「既然我需要配合你們調查，我打算給你們派兩名助手，既保障你們的安全，又能為你們的調查提供一些方便。」

白雪針鋒相對：

「如果我沒弄錯的話，我們並沒有提出增加助手的要求，現在也不打算接受。謝謝您的好意，我們有什麼需要會通知您的，希望您到時候不會拒絕，再見。」

白雪說完放下電話聽筒。楊歌笑着說：

「他們肯定已經發現房間裏的監視器被破壞了，所

以想改用人工監視。」

張小開憤憤地説：

「哼！我們『校園三劍客』可不是那麼好對付的。」

三個人出了房間，走進電梯。這時，另一個房間裏也走出兩個彪形大漢來。當「校園三劍客」從電梯裏出來時，那兩人也跟着出來，目光緊盯着三個孩子的背影。

楊歌感覺到了那兩人的目光，向張小開和白雪提醒道：

「注意，有人跟蹤我們。」

張小開哼了一聲，説：

「我們是來協助他們搞科學調查的，又不是間諜，為什麼要這樣監視我們？」

白雪也説：

「他們越想監視我們，我們就越不能讓他們得逞。」

楊歌點頭道：

「我們不能坐公共汽車去了，那樣很難擺脱他們。」

「校園三劍客」快步走出大門，奔向大街，剛好有一輛計程車開了過來，他們立即攔住，坐了上去。透過車窗，楊歌看見大樓裏那兩個人也急匆匆地跑了出來，坐上早已停在門口的一輛黑色的小轎車，跟了上來。這時，開車的黑人司機回過頭來問：

「孩子們，你們要去哪兒？」

白雪乘機對他說：

「叔叔，我們是結伴到這兒來旅遊的，有兩個大個子看見我們沒有大人陪同，便以為我們帶了很多錢，就一直跟蹤我們到現在。您看，後面第二輛黑色轎車就是！」

司機從後視鏡一看，後面果然有一輛黑色轎車像是在跟蹤他們的樣子。他試着加快速度開了一段路，那輛車一直緊緊跟在後頭，中間始終只隔着一輛車。

三個孩子焦急地看着司機。司機咬了咬牙，說：

「孩子們，看我的！」

司機拐了一個彎，把車子駛上一條窄窄的單行道，那輛黑色轎車依然隔着一輛車跟着他們。司機看見前面十字路口亮的是綠燈，反而降下了車速，慢慢地往前

開。

　　他們到達十字路口時，綠燈閃爍，馬上要變為紅燈。司機突然加大油門，在變紅燈之前的一剎那衝了過去。緊跟着的那輛車剛好遇上紅燈，緩緩停了下來。執行跟蹤任務的那輛車前後都有車擋着，進退不得，車裏的人從車窗裏伸出頭來，看着絕塵而去的跟蹤目標，咬牙切齒地乾着急。

　　「校園三劍客」在計程車裏大聲鼓掌。司機也為幫助了三個孩子而高興，樂呵呵地問：

　　「孩子們，我們去哪兒？」

　　三個人齊聲回答：

　　「去海灘！」

　　「校園三劍客」在海灘邊下了車，然後朝海灘步行過去。一路上有許多旅館、店舖，屋簷下竟然到處都有穿得破破爛爛、守着一個破臉盆或者端着一個破碗等待施捨的人。他們是乞丐，但又與平常所見的乞丐有很多不同之處：不僅有年過半百的老人，也有從二十歲到四十幾歲的青年人、壯年人；他們並不會裝出可憐巴巴

的樣子討人同情，也不會主動伸手向人乞討，在有人向他們扔下硬幣或零錢時，他們也沒有任何高興或感激的表情，只是抬起頭，無動於衷地看人一眼。從他們的神態看，他們似乎並不把乞討當作他們的生財之道或生存之道，而是作為他們在這個海灘上存在的一種方式或身分。其中有不少人的額頭上還刻着一隻小小的飛碟。

　　一個守着冰櫃賣冷飲的老太太見三個孩子用好奇而又同情的目光看着這些人，便叫住他們，說：

　　「別理這些叫化子，他們不是真正要飯的。」

　　張小開好奇地問：

　　「那他們是什麼人呢？」

　　老太太搖了搖頭，歎了口氣道：

　　「他們是一些狂熱的『飛碟迷』和篤信『飛碟教』的信徒。他們相信世界上真的有飛碟，『百慕達三角區』就是飛碟的基地。他們來到這裏就是為了親眼目睹飛碟的模樣，並希望飛碟帶他們升天。這些人從哪兒來的都有，最長的已經在這兒呆了幾十年了，每次被移民局抓去，過不了多久又會千方百計地回來。」

　　白雪問：

「那到底有沒有飛碟呢？」

老太太撇撇嘴：

「什麼飛碟呀，我在這兒生、在這兒長，又在這兒賣了三十年冷飲，連飛碟的影子都沒有見過。飛碟飛碟，害了多少人呢！」

聽了老太太的話，三人心裏很沉重。連在這兒住了半個世紀的老太太都說沒有見過飛碟，而這些異國他鄉的人，卻受一種盲目信仰的支配，狂熱地在此地一呆幾年、十幾年、幾十年，浪費寶貴的時間和生命。這種狂熱真是害人不淺！

三人正沉思着，突然，夕陽下一個銀光閃爍的怪物闖入他們的視野，張小開驚叫道：

「快看，飛碟！」

第九章　飛碟酒吧

三人再定睛看時，不禁啞然失笑：前方確實有個飛碟形狀的東西，但不是真的飛碟，而是一座故意把房子做成飛碟形狀的酒吧。它中間大兩頭尖，呈橄欖球形，外面包了層銀灰色的鐵皮，還有舷梯、自動門和許多菱形的舷窗，看起來跟真的飛碟似的。不僅如此，它外面的廣告牌也寫着：「飛碟酒吧」。毫無疑問，這個酒吧是「飛碟迷」們的熱門去處。

三人走過去，登上舷梯，通過「飛碟」的小門進入了酒吧裏面。

一進門，音樂聲和嘈雜的説話聲就把他們淹沒了。酒吧裏人很多，他們找了好一會兒，才找到了一張空桌子坐下。

三個人各要了一杯飲料。楊歌一邊端着杯子喝飲料，一邊不動聲色地環顧四周。白雪和張小開則豎起耳朵，聽周圍的人都在説些什麼。

他們看到，酒吧的牆上貼滿了在世界各地拍攝到的形形色色的飛碟照片（其中不乏偽造的飛碟照片和影視裏的飛碟形象）及各種外星人的畫像。這屋裏坐着的人，大部分都是「飛碟迷」，他們不是在熱烈地討論着飛碟與外星人，就是在看着與飛碟有關的報紙與雜誌。給客人們唱歌的吉他手嘴裏唱出的也是「飛碟飛碟我愛你」之類的歌詞。就連來回端盤子的服務生，也故意化裝成外星人的模樣，其中有電影《ET》裏的ET、《星球大戰》裏的傑達大師、《火星人入侵地球》裏的火星人。恍惚間，「校園三劍客」感覺自己彷彿置身於真的飛碟裏面，和一羣外星生物在一起。

　　楊歌正仔細觀察着周圍一切的時候，心突然「咯噔」了一下——他感覺到角落裏有一道目光在觀察着自己和同伴。他順着那道目光看去，發現它來自一個身材高大的年輕男子。那人穿得很休閒，渾身上下卻透着一種敏捷、警惕的氣息，滿臉的鬍子也遮不住他面容的英俊。尤其是那個高挺的鼻子，讓他顯得格外的與眾不同。楊歌再用第六感探測那人的心靈，他驚訝地發現，那人的思維波和他在飛機上遇見的陌生人，還有早晨他

們去摩西小鎮乘車時感覺到的思維波竟然是一模一樣
的！

白雪也發現了這個盯了他們很久的人，可是怎麼
看他也不像是考斯科派來跟蹤他們的人。她和楊歌交換
了一下眼神，於是楊歌定一定神，準備深入透視他的思
想。但就在這時，那名男子站了起來，很快結了賬，匆
匆地走了。

他們正猜測着這個人的身分，酒吧裏有幾個人説話
的聲音突然高了起來，完全蓋過了音樂聲和其他人的聲
音。楊歌發現，他們每個人的額頭上，都刻着一個小小
的飛碟標誌。其中一個嗓門最大的絡腮鬍子對大家説：

「上帝就是外星人，他在四十億年前創造了她球，
並播下了人類的種子。現在，他要用飛碟把人類中一批
最優秀的精英和最忠誠於他的人召喚回身邊。百慕達就
是上帝的飛碟基地，只要我們用心修煉，就一定可以功
德圓滿，等候到上帝的超度……」

其他人應和着：

「飛碟，上帝，阿門。」

絡腮鬍子又對眾人説：

「讓我們虔誠地祈禱，祈求上帝帶我們離開這無邊的人生苦海，飛碟，快來吧。」

其他人應和着：

「飛碟，快來吧。」

……

毫無疑問，這些人便是老太太所說的「飛碟教」的信徒，額頭上的飛碟是「飛碟教」信徒的標誌，而那個絡腮鬍子，是信徒中的小頭目、布道者。

就在「飛碟教」信徒們沉浸在禱告的虔誠氣氛中時，一個不和諧的聲音響了起來：

「什麼飛碟？什麼上帝是外星人？全是胡扯。」

「飛碟教」信徒們聽見了這話，全都怔了一下，四處張望尋找說話的人。最後，大家的目光落在了一個手拿酒瓶喝得醉醺醺的老頭兒身上。當即，有幾個人把老頭兒圍了起來，質問他：

「嘿，老東西，你在說什麼呢？」

老頭兒半睜半閉着眼說：

「我是喝醉了，可我的腦子沒有糊塗；你們雖然沒有喝醉，可腦子卻早就糊塗了。」

　　一個打扮得像牛仔的小伙子狠狠盯着老頭兒，一把將他揪起來，質問道：

　　「你敢再説一遍嗎？」

　　老頭兒紅着臉喘着粗氣説：

　　「敢，有什麼不敢的？飛碟、上帝、外星人全是胡扯。我在這兒住了六十多年了，什麼都見過，就是沒見過什麼飛碟！」

　　其他人更生氣了，大聲問：

　　「照你這麼説，飛碟是不存在的，我們『飛碟教』也是胡扯？」

　　老頭兒仗着幾分酒力，針鋒相對：

　　「『飛碟教』本來就不應該存在！你們除了每天在這兒佔着那麼多桌子騙吃騙喝、聚眾鬧事、惹是生非、浪費生命之外，還做過什麼有意義的事？」

　　這話可激怒了在場的所有「飛碟教」信徒。有幾個人怒不可遏地揮着拳頭朝老人衝過去，大聲叫着：

　　「這老東西竟然敢褻瀆『飛碟教』，打他！打死他！」

　　那位老人掙開牛仔的手，搖搖晃晃地站起來，準備

離開。但是那幫人已經將他圍了起來，對他拳打腳踢。

「快想辦法救救那老人，不然會出人命的。」白雪焦急地說。

張小開也攥緊了拳頭，那架勢似乎是想出手相救，卻又怕寡不敵眾。這時，楊歌「騰」地從椅子上站起來，對那些人喝道：

「住手！」

有幾個「飛碟教」信徒回過了頭，他們見制止他們的是一個看起來並不強壯的少年，臉上都露出不屑的神情，罵道：

「滾一邊去，少管閒事，黃毛小子！」

隨後，他們的拳頭又向老人揮去。楊歌一下子衝過去，把老人擋在身後，並抬手擋住了迎面舞來的一隻胳膊。

「白雪，小開，快走！」楊歌一邊拽住醉酒的老人，一邊躲避着雨點般擊來的拳頭。

「放手！」白雪徒勞無功地在後面拉扯那幾個衝向楊歌的「飛碟教」信徒。楊歌雖然反應靈敏，可身上還是挨了幾拳。

「警察！警察來了，快跑啊！」這一嗓子喊出來，那羣「飛碟教」信徒就像聽到魔咒一樣，不用人再勸架，「轟」地一下，四下散去，轉眼就不見蹤影了。

楊歌站在那兒，一手扶着老頭兒，一手揉了揉被打的胸口。張小開和白雪都圍過來，關心地看楊歌的情況。

「警察在哪兒？」楊歌朝窗外看了看。

「警察呀，」張小開詭秘地擠擠眼睛，「那還不是說來就來嘛。」

楊歌和白雪明白這又是張小開的把戲，也忍不住笑了笑，扶着老頭兒出了酒吧。

老頭兒的手中此時還攢着酒瓶，他揉揉眼睛望着彩霞滿天的天空，對自己突然從屋裏來到屋外感到不可思議，喃喃地説：

「看來我是真的醉了，不光是身體醉了，腦子也糊塗了。」

第十章　飛碟大劫持

老人掙脫了楊歌，拎着酒瓶一邊喃喃自語，一邊搖搖晃晃地向遠處走去。剛才的衝突讓三人覺得很驚險、很疲憊。望着老人的背影，「校園三劍客」沉默良久，他們都繃緊了臉上的肌肉，神經有點緊張。張小開甚至在心中想道：「看來這次行動真的是困難重重，我們三人能夠勝任嗎？」

旁邊的白雪似乎也有同樣的感受，她低着頭好像是在沉思，一雙漂亮的眼睛露出迷惘和無助。一陣風吹來，白雪的長髮隨之飄拂，顯得有點悽婉。

只有楊歌用堅定的目光望着波濤起伏的海面，看不出他心中的波瀾。

三人就這樣默不作聲地走着，不覺已經來到了人多的地方。海灘上熱鬧極了，成羣的人在海邊抓緊這黃昏最美好的時光游泳嬉戲，不時地發出朗朗的笑聲，那歡笑聲映襯在海上的彩雲之下，向着無限的海域擴散。

張小開、楊歌和白雪三人的鬱悶情緒被這開闊而充滿生機的場景慢慢地消解了。張小開拿出了背包裹的數碼相機，對楊歌和白雪説：

「嗨，我們那麼沉重幹嗎？趁現在風光無限好，趕緊拍個照留念，也不枉來『百慕達三角區』一場……」

「就是！」

楊歌和白雪也恢復了少年人的活力，臉上綻放出歡樂的笑容。他們擺出酷酷的姿勢讓張小開拍照。張小開給他們每人拍了十幾張，然後把相機塞給白雪，説：

「別總是你們那麼酷啊，也來看看我的英姿吧。」

然後，張小開在沙灘上擺了個黃飛鴻的招式：金雞獨立，雙手一前一後，酷斃了！白雪故意逗張小開玩，對他説：「哎！你那姿勢擺得一點力度都沒有，像好幾天沒吃飯似的，你怎麼好意思叫我幫你拍呀。」

楊歌也有意揶揄他，衝張小開笑了一下，説：

「嘿！你的雙手像油條一樣軟，虧你擺得出來。」

張小開見楊歌和白雪都拿他調侃，有點不耐煩了，大聲説：「哎呀！別説那麼多了，快拍呀！我的手都酸了！」

張小開的身體開始晃動起來。白雪笑着按下了快門，「咔嚓」的一聲，張小開那歪歪扭扭、軟綿綿的樣子就定格了。張小開甩了甩發酸的手，覺得很輕鬆。接着他又換了個倒立的姿勢，要白雪繼續給他拍照。白雪拿着照相機，故意不理張小開，卻不停地拍攝着海邊的美景。

　　就在兩人開玩笑的時候，**楊歌的臉色突然變得陰沉起來**，他眼中射出的犀利的目光中夾雜着許多焦躁不安——一種從未有過的恐懼感直襲而來。

　　「楊歌，怎麼啦？」白雪發現了楊歌的異常，問道。

　　「我也不知道，總像有不好的預感……」楊歌搖搖頭説。他的話音未落，海邊的人發出了一陣陣尖叫聲：

　　「啊！啊——」

　　尖叫聲中滲透着無限的恐慌。原來，海邊的人發現了前所未有的奇怪現象：放在桌上的金屬勺子突然變彎了；啤酒的瓶蓋自動迸出，啤酒泡沫到處亂飛；人們戴的手錶也突然停止了轉動；就連夕陽，似乎也失去了金色的光輝，在剎那間變得陰暗起來……

正在人們驚恐萬狀之時，一個龐然大物悄無聲息地從海中冒了出來。

「飛碟！飛碟啊！它從大海裏升起來了……」

有人大聲喊道。楊歌順着人們手指的方向望去：只見一個巨大的、會飛的碟子破水而出，像陀螺似的盤旋着上升、飛近。隨着它的逼近，楊歌看清了它的外形：它就像兩隻扣在一起的盤子，有菱形的舷窗、金屬的外殼，飛行時還帶着尖利的呼嘯聲。

張小開和白雪也驚呆了：原來只在影視和資料裏見過的飛碟，此時正氣勢洶洶地向他們逼來，離他們越來越近。他們此時面對的是一個魔幻般的現實。

「快把它拍下來！」

楊歌最先反應過來，朝着白雪喊道。聽楊歌這麼一喊，白雪回過神來了，舉起數碼相機，開始「咔嚓咔嚓」地拍攝天空中的飛碟。

海灘上的遊人有的目瞪口呆，有的面如土色，還有的則扔下手中的東西四處逃竄。而海灘上那些額頭上烙着小小的飛碟標誌的「飛碟教」信徒們，此時像割倒的麥子一般齊刷刷地跪倒在地上。他們虔誠地祈禱，大聲

地呼喊，希望飛碟把他們帶走，希望上帝選中他們進天堂。

飛碟飛到了海灘上空，停止了轉動，靜靜地懸浮在空中。驀然，飛碟的下部打開了一道圓形的門，門裏又噴出一股淡藍色的霧，迅速地在海灘上瀰漫着。楊歌感覺到那藍色的霧帶着一股淡淡的、甜蜜的香味，他還看見，張小開、白雪，還有其他許許多多的人，都被藍霧熏得癱軟在地上，很快失去了知覺。而楊歌也感到昏昏欲睡。

「飛碟⋯⋯要幹什麼？」

楊歌感到上下眼皮直打架，他的潛意識對他說：不能睡，千萬不能睡，一定要阻止飛碟。雖然他也不知道飛碟會對人們幹些什麼。

透過迷蒙的藍霧，楊歌看見沙灘上還有許多人像他一樣屹立着，沒有倒下。並且，他們還像事先計劃好了似的緩緩地邁步朝飛碟走去。楊歌也想到飛碟下面看個究竟，可是，難以抗拒的睡意令他覺得自己的雙腿像灌了鉛一樣沉重，想邁腿，卻怎麼也邁不起來。

楊歌開始踉蹌起來，就在他要栽倒在地上的瞬間，

他看見飛碟肚子上的門和舷窗都射出了橘黃色的光柱，舷窗的光柱將藍霧洞穿，而底部的光柱則將那些走到它下面的人們籠罩住了。

楊歌拚命堅持着，但是，他終於無法抵禦來自體內的睡魔，一頭栽倒在沙灘上。就在他的眼睛合上的瞬間，他看見被飛碟的光柱罩住的那些人的身體像氫氣球一樣飄向飛碟，而飛碟則對他們來者不拒……

飛碟在劫持地球人……

飛碟為什麼要劫持地球人……

飛碟還要對人類做什麼……

楊歌的腦中湧動着千萬個疑問及巨大的無奈，終於，他也像沙灘上的其他人一樣，趴在沙灘上沉沉地睡去了。

大地萬籟俱寂，只有飛碟隱約的嗡嗡聲打破這死一般的寂靜。

第十一章　　神秘的失憶

當楊歌睜開眼時，他看見白雪和張小開坐在他身邊，用關切的目光望着他。此時夕陽已經沉到了海平面下，天空由金黃色變成了海藍色，遠方海與天的分界線正逐漸變得模糊。沙灘上的人少了許多，還在海灘上的人也在收拾東西準備離去。

「楊歌，你終於醒來了！」白雪高興地説。

「楊歌，剛才你怎麼會突然暈倒？」張小開問道。

「暈倒？……不對，先暈倒的人是你們。飛碟呢？飛碟哪裏去了？」楊歌定了定神，問道。

「飛碟，什麼飛碟？」白雪和張小開面面相覷，非常奇怪。

「你們剛才不是也看見飛碟了嗎？飛碟噴出了藍霧，沙灘上的人，包括你們，都躺倒在地上，我是最後倒下的……」楊歌坐起來，把剛才發生的事情講給白雪和張小開聽。

「怎麼會呢？我們一直都好好的。」白雪像在聽天方夜譚似的，搖着頭說。

「哪有什麼飛碟？你不會是產生了幻覺或者是暈倒之後做了一個夢吧？」張小開把手放到了楊歌的額頭上，看楊歌是不是在發燒。

「你們一直沒有看見飛碟，也沒有覺得自己昏睡過？」楊歌問道。剛才的一切歷歷在目，不像是在做夢啊！

「沒有，我們一直都好好的。倒是你，不知道為什麼躺在地上睡過去了。幸好你只暈了幾分鐘就醒過來，不然我和白雪都想去叫救護車了。」張小開笑着說。

楊歌愣住了：難道自己真的在做夢？這時，他看見了白雪手中的相機，便對白雪說：

「噢，對了，白雪，你剛才不是給飛碟拍照了嗎？看看相機裏現在還有沒有飛碟的影像。」

白雪看着楊歌一臉認真的樣子，覺得楊歌不像是在開玩笑，便開啟了相機，用相機背後的小螢幕瀏覽照片。

白雪按順序翻動着，裏面有楊歌和自己的照片，

也有張小開扮黃飛鴻和倒立的照片，就是沒有飛碟的照片。

「怎麼會呢？」

楊歌驚訝極了，陷入了完全的迷惑之中。這迷惑大大激發了楊歌的思維活力，他的大腦以超快的速度轉動着，腦門上開始滲出一顆顆的汗珠。白雪看着楊歌的樣子，不安地對張小開説：

「楊歌是不是生病了？滿頭是汗。」

張小開也覺得事態有點嚴重了，説道：

「他説自己看見了飛碟，而我們卻沒有看見，是不是『百慕達三角區』的魔力使他變得神志不清了？」

楊歌從深深的思索中回過神來，顯得很疲憊。他説：

「我沒有神志不清，我的確記得我們三人曾一起目睹了飛碟，你們之所以忘了當時的情形，很可能是因為你們的記憶被刪除了。」

張小開也很疑惑：

「記憶被刪除了？這怎麼可能啊？我和白雪怎麼一點兒知覺都沒有？還有，你的記憶怎麼沒被刪除？」

「或許，我仍記得當時的情形，是因為我有超能力

吧！那藍霧裏一定有某種氣體，可以使人短暫失憶……對了，它還帶走了一些人。」

「什麼，飛碟還帶走了一些人？」

「是的，這些人這些天應當就在附近的旅館裏住着，如果飛碟帶走了他們，會不會把他們的資料也從旅館的記錄中刪除呢？」

楊歌繼續思索着。楊歌的話一下子啟發了張小開，張小開說：

「我們可以上網，查一下附近旅館的資料！」

「那就抓緊吧！」楊歌點頭道。

張小開馬上用手提電腦上網。張小開憑藉他高超的電腦技能迅速進入了各旅館的電腦管理系統，並用他自己編製的搜索程式進行搜索。很快，他的電腦裏就有了近三天各旅館的客人資料。

「奇怪，今天退旅館的人比昨天、前天的人數要多了將近十倍。不過，單單看這個數字還說明不了什麼。我電腦裏有個程式，稍加改裝就可以改成一個『跟蹤程式』。因為那些人退了旅館之後肯定要乘坐飛機、輪船之類的交通工具，如果沒有回家，自然要住新的旅館飯

店。而乘坐交通工具和住宿，都要用信用卡。跟蹤程式
通過追蹤這些人的信用卡使用情況，就可以查到他們退
完旅館之後的行蹤，這樣，我們就會知道他們現在在哪
裏……」

　　張小開一邊啟動程式一邊向楊歌和白雪解釋程式的
原理和功能。很快，張小開的電腦得出的結果是所有退
了旅館的人中，有39%的人行蹤不明。

　　白雪和張小開都很驚駭。白雪點頭説道：

　　「如果楊歌的説法成立的話，那些退旅館的人中有
一部分很可能就是被飛碟劫持了。」

　　「**不對，不是劫持**，」楊歌搖頭道，「如果是劫
持的話，那這些消失的人除非有先見之明，否則事先是
不會想到自己將被劫持的。而他們卻提前退了旅館，這
説明……」

　　「這説明他們的消失是有計劃的，他們很可能就是
飛碟上的人。」張小開接着楊歌的話驚駭萬分地説。

　　「這麼説飛碟裏的人打入了地球人的內部？」白雪
的神情也有些慌張。

　　「快，查一查這些消失的人的資料。」楊歌緊張地

説。

張小開又利索地敲起了鍵盤。突然，他驚恐地瞪大了眼睛，訥訥地說：

「天哪，這些人的資料……全都丟失了。也就是說他們全都沒有存在過。」

「怎麼會呢？再查那些旅館的資料。」

楊歌覺得頭皮發麻。

張小開又開始搜索旅館的資料，然而令人不可思議的是：旅館裏已經沒有了張小開剛才看到過的那些人住旅館的記錄——關於他們的資料已全部丟失了！

失蹤者在這個世界上存在過的痕跡正在被全部抹去。如果張小開剛才沒有瀏覽過那些失蹤者的資料，他恐怕也很難相信這一事實：飛碟裏的人用他們先進的技術在短短的幾分鐘裏刪除了消失的人的所有資料。那些消失的人就像從來沒有存在過一樣，徹底從人間蒸發了！

不過，飛碟裏的人萬萬沒有想到的是，他們刪除資料的這一過程卻很意外地被三位地球少年遇上了。

「校園三劍客」面面相覷，恐懼隨着暮色一起襲上心頭。

第十二章　去找考斯科

第二天天蒙蒙亮，張小開就把楊歌和白雪叫了起來，激動地對他們説：

「白雪、楊歌，我想了一晚上，終於把困惑了人類數百年的百慕達之謎解開了。」

「是嗎？」

楊歌和白雪半信半疑地看着他。張小開本來是單眼皮，此時卻成了三眼皮，可見他昨天一晚上沒睡好。張小開很得意地問道：

「楊歌，白雪，你們有沒有想過飛碟、『飛碟教』信徒與『百慕達三角區』之謎中間到底有什麼關聯？」

楊歌點頭説：

「我昨晚也一直在想這個問題。『飛碟教』信徒只不過是一些盲目信仰飛碟的人，應當與飛碟沒有什麼關係吧？」

「哈哈，這就是問題的癥結所在！」張小開得意地

説，「其實很簡單，那些信徒和飛碟是一夥的。」

「什麼，他們是一夥的？」楊歌和白雪都很吃驚，異口同聲地問。

張小開更得意了，搖頭晃腦地說：

「事情肯定是這樣的：我估計在『百慕達三角區』的海中隱藏着一個特大的邪教組織。這個組織經常從地面上劫走一些世界上最優秀的科學家和各行各業的頂尖人才，為他們的組織工作。這就是為什麼經常發生載有科學家的飛機和輪船失蹤的原因。

「這個組織強迫這些科學家為他們服務，他們因此擁有了比陸地上的人類更尖端的技術，並製造出了飛碟。他們邪惡的活動長期以來都沒有被世人發現。當這個組織認為這些科學家沒有了利用價值或是理應得到懲罰時，就會把他們送回地面。這些被遣送到地面的人已經變成了瘋子，當他們看到自己的偶像飛碟時，就會變得無比狂熱。這個組織的技術水平也非常高超，他們能夠隨意刪除別人的記憶……」

「你的想法寫成一本科幻小說倒很有意思，不過，漏洞卻不少。」白雪笑道。

「有什麼漏洞？」張小開瞪眼問道。

「最大的漏洞是，如果飛碟是你說的那個組織製造出來的，那他們是在什麼時候將它製造出來的？資料表明在哥倫布時代，已有飛碟在『百慕達三角區』出沒了，哥倫布時代的飛碟是你說的那個組織製造的嗎？」白雪說道。

楊歌也點了點頭：「是啊，在哥倫布時代，不要說飛機，就連熱氣球都還沒有被發明出來。還有，你說的那個組織如果要清理門戶，為什麼不把他們扔進海裏餵鯊魚，卻要把他們送到地面上來？這多費事啊！」

「這……」

張小開頓時語塞了。他抓耳撓腮，想不出反駁之詞。

「我覺得我們眼下最需要做的事情是像克魯斯上校那樣駕駛飛機到百慕達上空去搜索一次，取得一些實地考察的資料。」楊歌說道。

「可是，我們怎麼才能弄到一架飛機呢？」白雪犯難了。

「這好辦，讓我們到這裏來探險的『神秘客』不是說過，只要我們需要，飛機、潛艇甚至航空母艦都可

以供我們隨意調遣嗎？」張小開擺脫了尷尬和失望的情緒，大聲説。

「對，找『神秘客』！可是，他有這麼大的能耐嗎？」白雪半信半疑地説。

「試試看吧。」張小開説着打開了電腦，迅速上網，並用「神秘客」留給他們的Skype帳號在網上呼叫他。很快，「神秘客」便回覆了張小開。他的回覆只有五個字：「去找考斯科。」

「什麼？你們想跟我借一架飛機？我沒有聽錯吧？」

在考斯科的辦公室裏，考斯科聽了「校園三劍客」的話，非常驚訝。

「是的，考斯科先生，張小開、楊歌和白雪我們三人準備到『百慕達三角區』上空去調查真相，請您派架飛機來協助我們。」張小開又把剛才的話重複了一遍。

「開什麼玩笑？」考斯科説着把旋轉椅轉向了一邊，臉對着窗外，一臉的不屑和傲慢。

楊歌沉默了一下，很冷靜地對考斯科説：「考斯科先生，請相信我們，我們申請一架飛機的目的是為了這

次行動。」

「將軍，」梅蒂兒對考斯科說，「上級給我們的命令是協助這三個孩子的調查行動，滿足他們的全部要求。」

張小開、楊歌和白雪三人全都注視着考斯科，等待着他的決定。

考斯科仍然一臉蠻橫。他的心裏在緊張地權衡着。就在這時，考斯科面前的電腦發出了「嘀嘀」的聲音。梅蒂兒看了一眼電腦屏幕，對考斯科說：「將軍，有一封電子郵件。」

「校園三劍客」的心都「咯噔」了一下。他們估計這個郵件十有八九是「神秘客」假借考斯科上司的名義給他發的。

果然，讀完了郵件以後，考斯科很懊喪地說：

「你們三個小鬼真不知道是什麼來頭，上司竟然會同意你們的荒唐行為。梅蒂兒，這是我專機的鑰匙，你帶他們去吧。」考斯科把鑰匙一扔，身體往後一仰，眼睛注視着天花板，陷入了沉思之中。

「校園三劍客」見事情辦成了，全都高興地歡呼起來。一邊的梅蒂兒也發出會心的微笑。

第十三章 「科學先鋒號」

從考斯科那兒出來，梅蒂兒開車把「校園三劍客」帶到一個小型停機場。四人登上了停在機場上的一架直升機。梅蒂兒親自駕駛直升機，飛機馬達轟鳴着飛向藍天，飛向「百慕達三角區」。

離「百慕達三角區」越近，梅蒂兒的神情就越凝重，目光就越憂傷。「校園三劍客」知道，「百慕達三角區」是梅蒂兒心中永遠的痛，離它越近，梅蒂兒就越思念她的媽媽。

「我理解你們的苦心，可是，我和我的上司一樣認為這樣的搜索不會有什麼結果，要知道，我曾無數次地駕機到這個海域，每一個角落都搜索遍了。」梅蒂兒搖頭說道。

她的雙手緊握着飛機的操縱桿。「校園三劍客」從她的靈活程度可以知道她是一位具有豐富經驗的駕駛員，駕駛這樣一架小飛機對她來說是一件輕而易舉的事

情。

「梅蒂兒姐姐，那你相信飛碟和外星人嗎？」張小開問道。

「我不知道，或者説我不想對此下斷言。雖然這片海域吞噬了我的親人，但我只相信科學，相信證據。不是建立在科學基礎上的任何猜測都是沒有意義的。」

梅蒂兒回答道。此時，她的臉上顯出剛毅的神情。「校園三劍客」不禁在心中暗暗佩服梅蒂兒的堅強。

飛機在平靜的海面上飛行着，「校園三劍客」把目光投向了窗外。窗外的萬里晴空中，太陽將它的光輝毫無保留地揮灑向大海。海面上有一些捕魚的漁船，從飛機上往下看，就像一片片漂浮在海上的樹葉。

「校園三劍客」的目光在海面上搜索着，飛機向深海區域挺進，一個上午的時光很快就過去了，但他們什麼也沒有發現。

「一點線索都沒有！我可真希望飛碟把我抓去，好讓我見識見識他們的真面目。」張小開有些懊喪地説道。

「小開，別洩氣。『校園三劍客』從來不是那麼容

易就放棄的。」白雪為張小開鼓勁。

就在這時，楊歌指着海面大聲説：「你們快看，那是什麼？」

大家順着楊歌手指的方向望去：只見一艘巨大的考察船在遠處的海上漂浮着，不進不退，只是隨着海波蕩漾着。

「『科學先鋒號』？！」梅蒂兒和「校園三劍客」異口同聲她喊道。那艘船外形跟一個月前失蹤的那艘「科學先鋒號」一模一樣，他們都從「金色基地」的資料上看過它的照片。

「『金色基地』，我們發現了『科學先鋒號』，請馬上派船隻來支援。我們的方位是……」

梅蒂兒馬上向「金色基地」報告。

一小時後，在附近航行的兩艘軍艦趕到。梅蒂兒也將直升機停在了附近的一個小島上。四人乘着一艘接到梅蒂兒消息後趕來的快艇駛向「科學先鋒號」。

「梅蒂兒姐姐，你看！」

梅蒂兒和「校園三劍客」登上考察船時，張小開指

着掛在甲板上的一個橫幅説道。三人仔細看那橫幅，只見上面寫着十幾個斗大的字：

> **我們已經離開這個世界，請不要再尋找我們！**

再靠近看時，他們看見橫幅上有科學家們的簽名。就在他們四人端詳那橫幅時，一個檢查人員走過來，向梅蒂兒報告説：「中校，船上一個人都沒有。」

「校園三劍客」心一沉：看來，以前出現過的船在人空的一幕又重演了。

「船上有搏鬥過的痕跡嗎？船體有沒有受到什麼損傷？」梅蒂兒脱下軍帽，頗有些煩躁地甩甩頭，讓一頭秀髮淋漓盡致地傾瀉下來。

「沒有，技術人員已經檢查了發動機和船上的所有部件，船體沒有遭到任何損傷，無線電和雷達都很正常，發動機燃料充足，沒有任何毛病。按現在的情況，這艘船可以繞地球環遊一圈。和以前的失蹤案一樣，人像是被蒸發掉的，沒有留下任何痕跡。」檢查人員的口氣已經有些見怪不怪了。

「走，我們再檢查一下，也許能發現什麼他們沒發現的東西。」梅蒂兒對「校園三劍客」說。她的口氣不太自信，大概她的潛意識裏也認為不可能有任何結果。

　　於是，「校園三劍客」在梅蒂兒的帶領下對空空蕩蕩的科學考察船進行了搜索。雖然「校園三劍客」，已經從資料和各種讀物中讀到過類似的情節，但當他們親眼目睹這一事實時，他們還是感到驚奇與莫名的恐懼。

　　四人在考察船上仔細地搜索着，先是船艙，之後是客艙……所有的情形果然如他們所料：一切都有條不紊，乘客們的衣物、日用品、書籍，甚至他們放在桌上寫了一半的科學報告、日記，都很整齊，沒有任何暴力和混亂的跡象，似乎這條船上什麼也沒有發生過，一切都很平常。

　　然而，不平常的是船上的科學家和船員們一個都不見了。如果說他們被武力劫持了，那船上就不可能如此的整潔、乾淨、紋絲不亂，也不可能留下那個集體簽名的橫幅。如果說他們是集體撤離，那他們至少也要帶上一些日用品，而從目前的情況來看，他們什麼都沒有帶走。

四人繼續搜索着，突然，楊歌發出一聲驚呼：「啊？」

「怎麼啦？你發現什麼了？」張小開和白雪回頭問道。

楊歌指着桌子上一張探險科學家們的集體合影照片說：「你們看，**這些科學家的鼻子怎麼那麼像？**」

大家仔細比較，發現失蹤者們果然有一個共同特徵：鼻樑挺直，不高不低。

「也許只是一個巧合吧？如果他們是被外星人抓走的，那外星人總不見得看見誰的鼻子好看就抓誰吧？」張小開有些不以為然地說。

「不……」楊歌搖了搖頭：他想起飛機上遇到的那個人和在酒吧裏遇見的那個人鼻子也是挺直的。他又抬眼看梅蒂兒，梅蒂兒一言不發。楊歌突然想起梅蒂兒媽媽的鼻子也是這種形狀，難道……楊歌心中有了一個想法，但是，他認為那個想法實在太過荒誕，便將它否決了。

大家又搜索了最底層的船艙，仍然一無所獲，只好從船艙裏出來。當他們回到甲板時，一個士兵的説話引

起了他們的注意。那個士兵說：「奇怪，我們的軍艦早晨馳過這片海域時，並沒有看到這艘考察船啊，它怎麼會突然出現了呢？」

楊歌大吃一驚，插嘴問道：「你的意思是說這艘船是在你們的軍艦離去之後突然出現的？」

「正是如此。可這有點不合常理，那麼大的軍艦，怎麼想消失就消失，想出現就出現了呢？」士兵點點頭說。

「校園三劍客」都沉默了。

第十四章　飛碟教的祭日

黃昏的時候，梅蒂兒和「校園三劍客」乘着快艇返回停放直升機的小島，梅蒂兒又開着直升機帶大家回邁阿密。

飛機快到海灘時，楊歌請求梅蒂兒將直升機停在海灘上，他想在海灘上再呆一會兒。於是，梅蒂兒把「校園三劍客」留在了海灘上，自己開着飛機返回基地去了。此時，天已經完全黑了下來，一輪明月從海平面上升起，照得海面銀光閃爍。

「校園三劍客」在海灘上漫步着。大海起伏的波濤就像他們此時的心境。他們到「百慕達三角區」雖然只有短短的三天，但他們遇到的奇怪事情可真不少：

在飛機上跟蹤他們的神秘人究竟是誰？

克魯斯上校為什麼對百慕達往事諱莫如深？

飛碟為什麼要帶走一些人？

飛碟出現後為什麼大多數人都會失憶？

海上神秘失蹤又神秘出現的考察船是怎麼回事？

考察船上的科學家到底去了哪裏？

……

一個又一個謎團縈繞在「校園三劍客」的腦海中，撲朔迷離，揮之不去。

為什麼？一切究竟是為什麼？

就在「校園三劍客」苦苦思索的時候，楊歌突然停了下來，警惕地望着四周。白雪和張小開不知道他到底怎麼了，就問楊歌出了什麼事。

楊歌說：

「我的第六感感覺到那邊的樹林裏好像有很多人，而且他們正在朝我們這邊包抄過來……他們的目標好像是我們……」

「他們的目標是我們？他們要幹什麼？我們在這裏可沒跟誰結仇啊！」

張小開疑惑地說。這時，白雪也發出一聲輕輕的「呀」的聲音，果然，在他們不遠處，有許多穿着黑色斗篷的人出現了，這些人像幽靈一樣快速而無聲地圍了

上來，很快就形成了一個小包圍圈，把他們三個圍在中間。

「你們是誰？要幹什麼？」楊歌厲聲問道。

白雪也意識到了危險的存在，趕忙拉緊楊歌和張小開的手。三個人緊緊地站在了一起，停下了腳步，盯着四周這些對他們明顯不懷好意的人。

楊歌握緊張小開和白雪的手，示意他們不要緊張。他並不感到害怕。對方雖然人數眾多，但是，只要他用超能力打開四維空間之門，他和張小開、白雪還是可以通過瞬間轉移脫身的。他現在要做的是弄清這夥人究竟有什麼意圖。

這時，那些人來到他們四周，停了下來，靜靜地看着他們三個。藉着月光，「校園三劍客」看見離他們最近的那些人額頭上都烙着一隻小小的飛碟——原來，他們都是「飛碟教」的信徒。

「嘿嘿，小老弟，我們又見面了。」一個臉上長滿絡腮鬍子的男子皮笑肉不笑地對楊歌說道。

楊歌定睛一看，一下子認出那人便是在飛碟酒吧裏遇見的那個絡腮鬍子。

「你是『飛碟教』的頭兒嗎？你們想幹什麼？」楊歌問道。

「我不是『飛碟教』的教主，我只是一個小頭目。不過，我們的教主倒是很想見你們，並想請你們參加『飛碟教』一個盛大的儀式。」絡腮鬍子用不陰不陽的語氣說道。

「校園三劍客」被「飛碟教」信徒帶到了一公里外的海灘上。那裏已經聚集了許許多多穿着斗篷的信徒。在他們中央，還搭着一個像祭壇一樣的台子，台子中央立着一根木頭柱子，台子的周圍堆滿了木柴和引火之物。

一羣人向「校園三劍客」走來。藉着月光，「校園三劍客」看清了走在最前面的人的模樣。他四十歲上下，身材很高，還戴着一副小眼鏡，鏡片後是一雙讓人看了就難以忘懷的眼睛——他的目光有一種令人不安的怪異感。這個身材高大的人走到楊歌他們面前，也不說話，只是用挑剔的目光打量三人。從他的神態與風度來看，他可能是這幫人的宗教領袖。

楊歌問：「你就是『飛碟教』的頭兒？」

　　那人很矜持地說：「我就是教主，掌管人類與外星人交流的使者。外星人是我的主人，主人通過飛碟降臨人間。」說完，他有意識地揚了揚頭，注視着無垠的夜空，彷彿外星人正在聽他說話似的。

　　「教主，呵呵，恐怕你連外星人的影子都沒有見過。」張小開冷笑道。這個裝神弄鬼的傢伙，跟他們平時在街上見到的算命先生沒有什麼本質的不同，張小開才不會相信他的鬼話。

　　「你……竟然敢褻瀆我們的教主！」教主旁邊的一個保鏢模樣的人憤怒地說。周圍的人頓時喧嘩起來，喊道：「誰敢褻瀆我們的教主就打死他！」「不能饒了他們！」「消滅他！」

　　……

　　「飛碟教」教主做了個手勢，示意大家安靜。隨後，他對「校園三劍客」說：「今天是『飛碟教』的祭日，我不想開殺戒。除了這位被選中的『聖女』，你們兩個可以走了。」教主指着白雪說道。

　　「『聖女』？什麼意思？」張小開十分奇怪地問道。

「我們『飛碟教』每年七月份的月圓之夜都要用一個未成年的少女祭祀。這個姑娘看來非常符合飛碟教『聖女』的要求，我們已經看中她了。」教主說着把白雪拉到了身邊。

「你們要把她怎樣？」楊歌問道。

「我們要把『聖女』放在祭壇上，由聖火引導，把『聖女』送入天界。」

「什麼，你們要把活人燒死用來祭祀？這太殘忍了吧！」張小開大吃一驚，衝上前去要拉白雪，但卻被兩名信徒死死地拉住了。張小開於是又朝楊歌喊：「楊歌，快救白雪啊！」

然而，楊歌的回答卻出人意料，他很冷靜地說：「如果你們要把她當『聖女』祭祀，那麼就把我們兩個也算上，當『聖女』的殉葬品吧。」

「楊歌，你……」張小開呆住了，他用難以置信的目光望着楊歌：楊歌怎麼啦？他為什麼不但不救白雪，還要把他和自己都搭進去送死呢？

然而，白雪卻從楊歌堅定的目光裏讀出了內容：眼下，楊歌只要調動超能力，通過瞬間轉移，不但可以

救她，還可以讓他自己及張小開馬上脫離邪信徒們的魔爪。他之所以不動手，是想看看「飛碟教」的信徒們還有什麼新的表演。或許，他想弄明白「飛碟教」信徒與飛碟是否真的有關係吧？

楊歌看到白雪鎮定的神態，知道白雪已經領會了自己的意圖，朝白雪微微地點點頭。

然而，張小開卻不知道其中的原因，他朝楊歌大聲喊道：「喂，楊歌，你怎麼回事？不會是在發燒吧？」

教主見狀，便點頭道：「既然你們自願為神聖的『飛碟教』獻身，那就請吧。」

教主朝他的手下一揮手，飛碟信徒們便一擁而上，把三人五花大綁起來。楊歌和白雪都很鎮靜，只有張小開拚命掙扎着，哇哇大叫道：「你們這些裝神弄鬼的傢伙，放開我，放開我……」

「校園三劍客」被「飛碟教」的信徒們帶上了祭壇，被捆在祭壇的柱子上。白雪的神情鎮定自若，宛如夜空中那輪明月一樣安詳。楊歌則面無表情，目光中透着堅定與沉着。張小開掙扎得筋疲力盡，但依然叫嚷着：「放開我，快把我放開！」

一切準備妥當，祭祀儀式開始。「飛碟教」教主慢慢走到大海邊，抬起頭，煞有介事地伸出雙手，對天空呼喚道：「給我力量吧，我的主人！」

　　那些「飛碟教」信徒們也齊聲喊道：「給我力量，我的主人！」

　　隨後，教主整理了一下衣服，又裝模作樣地向天空拜了幾拜，嘴裏說着些讓人聽不懂的話。信徒們齊刷刷地跪倒在教主的身後，虔誠地向天空磕着頭，說着「飛碟快來救我」之類的話。只有幾個執行點火任務的信徒還站在祭壇四周，手裏拿着引火之物，等待教主的命令。

　　禮畢，教主轉過身來說：「剛才，我的主人用心靈感應對我說，他非常滿意我為他獻上一位『聖女』和兩位殉葬的少年作為祭品。他還說，一定會盡快派飛碟來接我們的。」

　　眾信徒聽了，從地上爬起來，歡呼雀躍，海灘上的氣氛被推向高潮。教主緩緩地轉過身，對他的信徒們說：「飛碟的孩子們，主人正在等待我們的祭品，趕快滿足他的要求吧。點火！」

那幾個執行點火任務的信徒聽了，就把手中引火的火把點燃了，扔向祭壇四周的木材。火「呼」的一聲燒了起來，照亮了「校園三劍客」年輕的臉龐。「飛碟教」信徒們再次狂熱地叫喊起來。

張小開被煙嗆得直咳嗽，面無血色地大聲喊道：「救命啊！快救救我！」

白雪也對楊歌説：「楊歌，快動手吧，不然來不及了！」

楊歌點點頭，開始調動出體內的超能力。就在這時，一件怪事發生了：**平靜的海面，突然被「轟隆隆」的馬達聲打破了寂靜。**「飛碟教」信徒們紛紛回過頭去，他們看見一隻閃爍着綠光的飛碟從水裏鑽了出來，飛到了楊歌他們的上空。

「我們的主人來了，快禱告吧！」教主率先跪倒在地上。

那些信徒們看見了飛碟，也一起跪倒地上，痛哭流涕，呼喊着：「主人，快帶我們走吧。」「我們要去天堂！」「救救我，飛碟！」

然而，飛碟似乎對虔誠的信徒們並不感興趣，它

只是朝着火中的「校園三劍客」射出一束幽藍色的光，「校園三劍客」的身體，頓時從大火中飄浮起來。

「楊歌，怎麼回事？」

「我們怎麼飛起來了？」張小開和白雪驚訝地說。

「我也不知道。」楊歌仰望着頭頂的飛碟。他感覺自己的身體幾乎沒了重量，輕得可以隨風飄蕩。

飛碟的光有着一種神奇的魔力，將「校園三劍客」吸進了飛碟裏面。地面上的邪信徒們見狀伏在地上大聲懇求道：「主人，把我也帶走吧。」「我也要去。」「天堂之門，快向我敞開吧！」

然而，飛碟對他們不屑一顧，飛快地朝着大海的方向旋轉着飛去，不一會兒，便消失在海天相接的地方，與明亮的月光融為一體。

第十五章　在飛碟裏

「**校**園三劍客」睜開眼睛，像着了魔似的打量他們所置身的地方。這是一個完全由水晶——不，它們只不過看起來像水晶，摸上去卻非常溫軟柔和，「校園三劍客」從來沒有見過這樣的材料——構成的房間。房間的面積大約有七八平方米，天花板的高度約有三米左右。橘黃色的光從各個方向照射過來，房間充滿了迷幻和溫馨的色彩。

「這是什麼地方？我們在哪裏？」張小開惶惑地問道。

「我也不知道。可能在飛碟裏吧。」白雪的眼中也充滿了迷惘。

「喂，怎麼一個人都沒有？你們到底是在救我們還是在綁架我們？你們想幹什麼？」楊歌對着空蕩蕩的房間喊道。

然而，四周寂靜無聲。「校園三劍客」面面相覷，

有那麼一陣子，他們的心裏充滿了擔心：他們在飛碟裏，他們被飛碟綁架了，接下來會發生什麼事呢？他們還能回到爸爸、媽媽、老師和同學的身邊嗎？……但隨後，他們又感到了不約而同的振奮：他們已經離解開百慕達之謎只有一步之遙了。即使在最危險的地方和時刻，仍然牢記自己的使命，並全力以赴地去完成它，這就是「校園三劍客」與眾不同之處。

突然，一個聲音響了起來：「歡迎你們，我的小客人。」

這時，水晶（因為不知道構成房間材料的名字，我們姑且叫它水晶吧）牆上出現一個人影，他看上去像是水晶中的影像，只存在於水晶之中。可是，就在眨眼間，他竟然從水晶中邁腿出來，站在三個孩子面前。「校園三劍客」抬眼驚訝地注視着他。這是一個身材高大的男子，三十歲左右，金髮碧眼，鼻樑挺直，眼窩深陷，英氣逼人。

「你……就是在飛機上監視我們的那個陌生人。」楊歌失聲説道。

「是的，我還是你們在飛碟酒吧裏遇見的那個人。

我的地球名字叫羅賓，來自諾瓦星球。」

那人微笑着點點頭，接着他又招呼「校園三劍客」說：「請坐吧，既然你們已經來了，請不要客氣。」

就在「校園三劍客」詫異外星人請他們坐下卻沒有椅子的時候，他們的旁邊，外星人的身邊，就出現了四把椅子，他們面前的地板也拱了起來，轉眼間變成了一張方桌子。桌子和椅子的四周，都發散着迷幻的光芒。

大家圍桌而坐。張小開首先說：「你說你是從諾瓦星球來的，這麼說你就是外星人了，可以問你一些問題嗎？」張小開說話時感覺自己是地球人類的代表，心中充盈着一種神聖感。

「當然可以，隨便問。」羅賓微笑着說。他的笑容十分帥氣。

「你們到地球的時間很長了嗎？你們到地球來幹什麼？有什麼目的嗎？你們為什麼綁架地球人，還劫持地球的飛機和輪船？『飛碟教』跟你們究竟有什麼關係？……」張小開連珠炮似的發問。當他一連問了三十幾個問題之後，雖然羅賓還沒有回答他，他卻感到一直積鬱在胸中的悶氣全都煙消雲散了，有一種痛快淋漓之感。

「你的問題可真不少，」羅賓笑道，「首先，我回答你的第一個問題：是的，從地球人的角度來看，我們到地球的時間是很長了，已經有1,000多年。但1,000年對於我們這些更為高級的生命體而言，是非常短暫的。要知道，我們人均壽命是10萬歲。」

「天哪！」張小開的嘴巴圓成了「O」形。

「這麼說你們在哥倫布時代之前就已經來到了地球上？你們到地球的目的是什麼？移民還是侵略？」楊歌問道。

「都不是，我們到地球來只不過是想把地球當作一個*過渡的星球*。」羅賓答道。

「過渡？」

「是的。我們的母星——諾瓦星曾經也是一個適合於人類居住的欣欣向榮的星球。」羅賓說着站起身，手碰了碰牆壁。被他的手觸過的牆面立刻一片漆黑，閃閃爍爍的星星布滿了夜空。「校園三劍客」雖然不明白其機關所在，但毫無疑問，此時的牆面已經變成了電影放映屏幕。

「我們居住的星球也在銀河系中，與地球相距十億

光年之遙。」

屏幕隨後出現了螺旋狀的銀河系。之後，鏡頭被推近，一個巨大的恆星進入大家的視野。恆星表面噴吐着紅色的烈燄，恰似太陽一般。

「這是向諾瓦星球源源不斷地提供熱量的恆星，相當於你們的太陽。這裏，就是我們的母星諾瓦星球。」羅賓指着離恆星相當遠的左上方的一顆小星星說道。

轉眼間，小星星突然變大了，佔滿了整個屏幕。星球表面青一塊白一塊，跟鱈魚皮似的。

「哇?!跟我們地球一模一樣。」張小開說道。

「可不是，非常相似，當然，有些地方也很不一樣。」羅賓點頭說。

隨着鏡頭的拉近，屏幕上開始顯現出諾瓦星球地面的情況。「校園三劍客」看到，諾瓦星球的天空也是蔚藍色的，飄拂着朵朵白雲。天空下面，有藍色的海，平坦的草地，綠色的森林，起伏的羣山……他們還看到了許許多多的諾瓦星球動物：沒有一種像地球動物，全都是奇形怪狀的，甚至無法用地球上的動物比擬。不過，它們的樣子不像科幻片裏常見的那麼醜，相反，都很可

愛。它們自由自在地嬉戲着，顯得無憂無慮。

　　之後，屏幕上又顯現出諾瓦星球的城市。令「校園三劍客」非常吃驚的是：諾瓦星球的城市和地球的相比，顯得非常狹小，並且沒有道路，所有的房子都像糖葫蘆一樣插在大地上，還緊緊地挨着。在房子的上空，有許多飛行器，形狀都是碟形，在忙忙碌碌地飛翔着。

　　「在沒有道路，又如此擁擠的城市裏，你們怎麼生活啊？」

　　白雪奇怪地問。

　　「哦，用你們的思維方式自然很難理解我們的生活了。其實，我們是與你們完全不同的生命形式，我們根本沒有軀體。」

　　「什麼，你們沒有軀體？那你現在……」張小開驚訝極了，他甚至用手去摸外星人的身體，看外星人與地球人有什麼不同。然而，他感覺到的也是一具血肉之軀，與地球人幾乎沒有什麼不同。羅賓看他一臉迷惑的樣子，便解釋道：

　　「你們現在看到的我這身軀殼，只不過是我們為了融入你們人類社會而變出來的。我們的真實樣子你們是

無法看見的。我們是一些泡狀能，只不過是一些能量，一些思維波而已。諾瓦星人的交流是通過精神傳感術來進行的。在一億年前，我們的祖先也是有軀體的，然而，我們早已跨過了那個進化階段。我們需要的資源非常少，最大的需要是能量。幾乎一切能量都是從我們的太陽上得到的。如果缺少不斷的能量供應，我們就會死亡。現在，你們或許多少能夠理解我們的城市為什麼是這個樣子了吧？」

屏幕又推到了照耀諾瓦星的恆星上。「校園三劍客」看到，恆星正在變得黯淡，往外噴吐的火舌也顯得軟弱無力。

「你們看，我們的太陽已經到了它生命的盡頭，正在慢慢熄滅。因為太陽的能量越來越不夠我們維持生存，我們不得不移民。經過漫長的旅行，我們在1,000多年前到達了地球。地球雖然不是我們最佳的生存之地，但畢竟與我們生存的星球相似，因此，諾瓦星人決定暫以地球作為棲身之地，再繼續尋找更好的居住地。我們在地球上許多地方的海底，建立了諾瓦星人的基地。百慕達只是眾多的基地之一。」

羅賓説着用手輕觸了一下牆壁，屏幕消失了，又恢復成原來的樣子。他接着對「校園三劍客」説：「現在，飛碟已經在向深海下潛，很快就要到達我們的基地了。」

第十六章　海底金字塔

當羅賓的手再次觸到牆壁時，牆壁一下子變得透明了，外面美麗的海底世界立刻呈現在大家面前。這真是一個仙境般令人心醉神迷的世界，海水在飛碟發出的綠光中像綢緞一樣晃動，各種各樣的魚兒自由自在地游弋着。

「校園三劍客」中最興奮的人莫過於白雪，她是一個生物迷，現在簡直是得到了一次意想不到的海底考察機會。她很快從那些穿梭不停的魚中認出了原來只在書本上看到的魚類：身軀扁平、皮膚上帶皺紋、背上有箭鏃式的武器的箭魚；上半身黑黃色、肚下呈淡淡的玫瑰色、眼睛後面帶着三根刺的鯔魚；身上藍色，頭帶銀白色的鯖魚；帶笛子口的笛口魚；裹在六條帶子中的線帶鯛魚；長至一米的海鶉鶉；大嘴中長有利牙的火蛇；帶刺的鰻魚；眼睛細小生動，大嘴中長有利牙的一米多長的長蛇等等。「校園三劍客」看得眼花繚亂，一時間竟

忘了繼續向羅賓提問題。

　　飛碟帶着大家向深海中繼續下潛。越往下潛，魚類就越少。到了後來，海水漸漸變得湍急，顏色也逐漸變得渾濁烏黑。羅賓對「校園三劍客」說：

　　「現在我們已經下潛至8,000米的深海中了。再往下，不要說地球人類的潛水設備，就是地球人的聲納系統，也無法探測到了。大概是在1963年，我們的飛碟在下潛時不小心被美國海軍發現了。美國海軍馬上派出一艘驅逐艦和一艘潛艇追尋我們。當他們追尋到這個地方

時，終於因為無法繼續下潛，被我們擺脫了。」

飛碟一頭扎進了海底湍流中，雖然外面的海水非常湍急，但是，飛碟卻非常平穩，連一絲兒晃動都沒有。

又過了一會兒，當飛碟穿越了湍流中，雖然外面的海水非常湍急，但是，飛碟卻非常平穩，連一絲兒晃動都沒有。

又一會兒，當飛碟穿越了湍流，沉向海底時，海水頓時又變得平靜如初。令「校園三劍客」驚奇的是：他們的眼前出現了數以百計大大小小的金字塔，最大的要

比埃及的胡夫金字塔還要壯觀，最小的底部面積只有一個足球場那麼大，高度也跟「校園三劍客」學校裏的六層教學樓那麼高。這一帶的海中，魚已經不多見了，取而代之的是大大小小、往來穿梭的飛碟。

「這……就是你說的海底基地嗎？」白雪驚訝地問。

「是的，你們看見的金字塔，是我們諾瓦星人的思維中心。用你們的話來說，就是我們的住所。當我們不需要軀體的時候，我們就住在這種建築物裏。如果遇到什麼事情需要集體商量，我們就會匯聚到最大的金字塔中。最大的金字塔可以容納1,000萬個智力單位——對，就是1,000萬個諾瓦屋人。由於所有的金字塔中都有強大的能量裝置在運轉，因此導致這一帶的海域磁力異常，這也是為什麼飛機和輪船在這一帶地方羅盤會失靈的原因。」

百慕達磁力異常的原因就這樣真相大白了。

「校園三劍客」的心中都有一種豁然開朗的感覺。突然，張小開想起了什麼，問道：「剛才你說百慕達只是你們建立的眾多的基地之一。這麼說你們在地球上別的地方還有基地？」

「是的，在別的地方也有，只不過因為百慕達是最大的基地，對地球人來説怪異現象也最多，所以名氣也最大。」羅賓點頭説道。

「其他的海域，如日本和馬里亞納羣島之間的『魔鬼海』、位於直布羅陀海峽與阿爾梅里亞之間的阿爾沃蘭海域、西地中海的『死亡三角區』等等都有我們的基地。大的基地，包括百慕達在內共有十二處，南北半球區各五個，南北極各一個。小的基地就不計其數了。所有的基地都位於地球人類目前的技術所無法達到或無法探測的區域。

「由於海底金字塔的磁力作用，這些海域的海流、海洋渦流、氣漩以及磁暴等比其他地區更加激烈和動盪；海水常出現大尺度垂直攪動的漩渦，也經常發生類似於『百慕達三角區』的失蹤現象及其他怪異現象，所以都被取了像『魔鬼海』、『死亡三角』這樣不祥的名字。」羅賓繼續説。

「這麼説所有的飛機輪船失事及人員的神秘失蹤都是你們幹的？你們為什麼要劫持地球人？是用來做實驗嗎？」張小開問道。

「不，我們並沒有劫持地球人，更不會拿地球人做實驗。事實上，你們的文明實在太初級了，對於我們來説根本沒有研究價值。」

「那他們為什麼還會失蹤呢？」

「他們不是失蹤，他們本來就是我們諾瓦星人，他們只不過是回到了我們的羣體中。」

「你的意思是説那些失蹤的人本來就是外星人了？」白雪吃驚地問。

「是的，他們本來就是諾瓦星人。雖然我們對研究你們沒有什麼興趣，但是，我們發現地球人類天生充滿攻擊性。在過去的1,000年裏，尤其是最近兩三百年，你們的科技和文明發展非常快。在上個世紀，你們還知道了『相對論』，發明了核武器。遺憾的是地球人類過於好戰，在短短的100年裏就發動了兩次世界大戰，局部戰爭甚至從來沒有停止過。核武器也毀滅過兩座城市，擁有核武器的國家還互相用核武器威脅。地球人類長期被置身於可怕的核陰影與冷戰之中。

「正因為如此，我們不得不提防你們。我們得關注你們的發展，於是派了一些成員變成地球人的模樣，打

入地球人的內部，長期與地球人一起工作、生活……我們要定期將其中的一部分人召喚回基地。為了給他們在人類世界的消失提供一個理由，我們就安排了一次又一次的失蹤事件……」

「我明白了，克魯斯上校的戀人伊麗莎白、梅蒂兒的媽媽、失蹤的六十四位科學家……他們其實都是外星人……還有，他們似乎都有一個共同的特徵：**鼻樑挺直周正。**」楊歌恍然大悟。

「是的，我們雖然選擇了不同的膚色與人種進行變形，但為了在人類社會中能夠將同類分辨出來，只要是諾瓦星人，鼻子都變得差不多形狀。」

「不過，你們有時也會把一些地球人帶進飛碟裏。例如克魯斯上校和他的妻子勞拉，就是地球人。你們好像對他們動了什麼手術，使他們努力將這段記憶忘記，至少是不對人提起。」白雪突然想到這個問題，問道。

「對，有些時候，因為無可避免的原因，我們會把一些地球人帶進飛碟。克魯斯上校和勞拉就是差點發現我們秘密的地球人。為了不使他們把追蹤到的事情和證據公之於眾，我們只好把他們『請』到了飛碟上……對

於被『請』到飛碟上的地球人，我們會問他們是否願意拋棄原來的那個世界，加入到我們中來。

「如果願意留下，我們會對他們進行適當的手術，這種手術的目的是為了去除他們精神中人性的弱點，如自私自利、侵略性等等，使他們能夠與我們和平相處。而像克魯斯上校和勞拉這樣執意要回到人類世界的地球人，我們就在他們的大腦裏插入一種微型的儀器，使他們永遠不會對任何人透露我們的事情。當他們談到諾瓦星人時，儀器就會把他們的話噎住，切斷他們的思路，從而避開關於我們的話題。

「我已經告訴你在地球的各個部門都有我們的人，包括調查飛碟現象的機構裏也有。當時對克魯斯上校的調查進行重重阻撓的將軍就是諾瓦星人。後來那盤錄影帶起火，也是我們的人做的手腳。我們這樣做也是為了不讓尚處在低級階段的地球人知道我們後對我們發動進攻……」

「原來是這樣，你似乎從一開始就在跟蹤我們，你怎麼會知道我們呢？」楊歌問道。

「地球出現電腦網絡之後，我們有專人負責監視你

們的網絡。我們的人從網上看到了一個叫『神秘客』的
人發給你們的電子郵件。於是，就對你們進行了調查，
我們發現你們的想像力與探險精神極可能會讓你們發現
我們的秘密。所以，從你們登上飛機開始，總部就派我
去跟蹤你們。

「自始至終，我都在你們的身邊，只不過我不斷地
變換形體的模樣而已。這一點，楊歌似乎已有覺察。剛
才，我目睹了你們被『飛碟教』劫持的情形，怕你們出
危險，就把你們救了出來。」

「『飛碟教』和你們有關嗎？」張小開問。

「『飛碟教』是一個邪惡的團體，是產生於你們
地球人內部的精神毒瘤，他們與我們沒有任何瓜葛。如
果說有什麼關係的話，那就是它利用了人們對飛碟的好
奇與迷信心理，並借題發揮，大做文章，他們的教主也
藉此對他的信徒進行精神控制。這種勢力如果不及早剷
除，對地球人類可是禍患無窮啊！」

「你們還將和我們地球人長期共處嗎？」楊歌問
道。

「不。不久前，我們已經發現一顆行星，位於銀河

系的另一端，很適合我們生存，我們決定全體向那邊移民。」

「什麼時候？」

「就在今晚。」

「今晚？」

「是的。在與你們的相處中，我感覺到了你們的善良、勇敢與執着。說真的，我發自內心地喜歡你們。你們是地球人中的佼佼者。如果你們願意，我盛情邀請你們加入到我們的行列中，和我們一起生活。我保證你們的生活將是幸福的，無憂無慮的。」羅賓懇切地說。

「不，我們還是留在地球上的好，畢竟地球才是我們的家。而且我們的家人和朋友都在地球上，沒有我們，他們會傷心的。」白雪說道。

「是啊，我也不想離開地球。其實我也很喜歡你們，我還想勸你們留下來呢！」張小開說道。

「謝謝你的好意，不過，我是不會離開我的群體的。」

羅賓頗有些遺憾地說，「既然你們選擇了離開，我不得不在你們的大腦中插入一種微型的儀器，使你們永

遠地保守我們的秘密。」

「等一等。」

一個聲音從牆壁上傳來,大家回過頭,看見牆壁上出現了一個人影。大家再定睛看時,那個人影像剛才羅賓從飛碟的壁上出來一樣,直接從水晶牆上走了下來——這是一個四十來歲模樣的中年婦女,黃種人,鵝蛋臉,柳葉眉,黑亮的眼睛炯炯有神,臉上漾着淺淺的笑,漂亮且有風度。

「你是……梅蒂兒的媽媽!卡西太太!」白雪恍然大悟。

「是的。不過,我也是諾瓦星人。當年我之所以和梅蒂兒的爸爸結婚,是因為他在核研究部門工作,我的任務是對地球人核技術的發展與核力量進行監視。五年前,由於已完成監視的任務,基地需要我返回,所以,就有了那次飛機在百慕達失蹤的事件。

「我知道梅蒂兒仍然在尋找我,我也非常思念她。可是,我必須服從總部的命令,我不可能離開我的羣體回到地球上,和梅蒂兒他們生活在一起。雖然你們回去後不能洩露我們的秘密,但是請你把它帶給我的女兒,

我想，她應該明白發生了什麼事情，並且不再掛念我了。」

梅蒂兒的媽媽說着把一串寶藍色的雞心項鏈放在了白雪的手心裏。

那一瞬間，白雪發現梅蒂兒媽媽的眼中竟然也閃爍着淚光——看來，諾瓦星人雖然與地球人有着不同的生命形式，但是，他們和地球人一樣有感情，有愛恨。

在這一刹那，白雪突然悟出伊麗莎白為什麼在克魯斯上校尋找她時讓失蹤的遊艇和小狗皮皮突然出現——她是在向克魯斯透露她最後的信息。

「我一定會把它交給梅蒂兒姐姐，請放心吧。真希望你們在新的星球上過上美好的生活！」白雪真誠地說道。

「現在，就讓我們告別吧。你們將進入昏睡狀態。當你們醒來時，將會重新回到沙灘上，回到你們的世界裏。」羅賓說道。他的口氣也有些依依不捨。隨後，他

的手中出現一根玻璃管似的東西，那東西迸發出一陣藍色的閃光。「校園三劍客」的耳邊掠過一陣風鈴般悅耳的響聲，隨後便一齊昏睡過去了。

尾 聲

當「校園三劍客」蘇醒過來時,他們發現自己躺在海灘上,月亮在西邊的夜空中沉沉地下墜,黎明的到來大概不會太久了。

「看啊,飛碟開始遷移了。」張小開指着大海,對白雪和楊歌說道。

果然,有數以千計大大小小的飛碟破水而出,朝着夜空飛去,那種場面,真是前所未有的壯觀。

「再見,祝你們一路順風。」「校園三劍客」朝着飛碟使勁地揮手。不一會兒,所有的飛碟全都消失在海

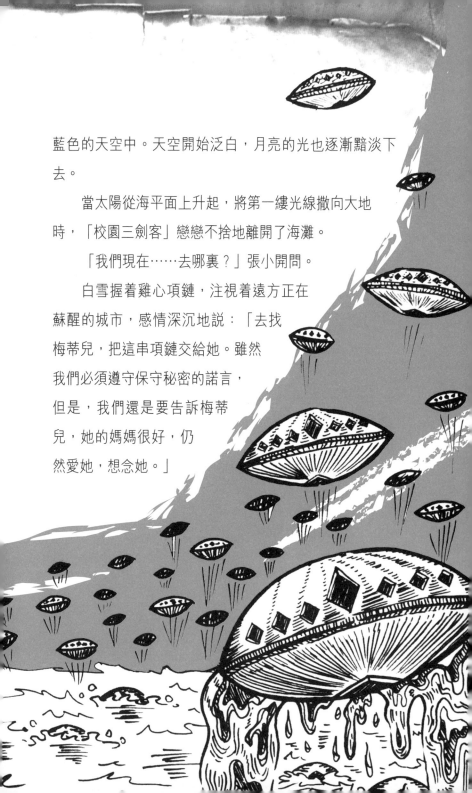

藍色的天空中。天空開始泛白，月亮的光也逐漸黯淡下去。

當太陽從海平面上升起，將第一縷光線撒向大地時，「校園三劍客」戀戀不捨地離開了海灘。

「我們現在……去哪裏？」張小開問。

白雪握着雞心項鏈，注視着遠方正在蘇醒的城市，感情深沉地說：「去找梅蒂兒，把這串項鏈交給她。雖然我們必須遵守保守秘密的諾言，但是，我們還是要告訴梅蒂兒，她的媽媽很好，仍然愛她，想念她。」

百慕達三角之謎

在美國的弗吉尼亞海岸，百慕達羣島和佛羅里達羣島之間有一片總面積30多萬平方公里的廣闊海域，這就是聞名於世的「百慕達三角區」。從十六世紀以來，在這片海域神秘失蹤了數以百計的飛機與船隻，人們都稱它為「魔鬼三角」或「死亡三角」。專門從事海洋和航空事業的人，更是聞之色變，把這一帶海域視為畏途。

人類歷史上第一個到達這個地區的航海家是哥倫布。他和夥伴們路過這個地區時，曾看到一個奇異的火球墜入大海，就是這個火球使船上的羅盤失靈。而哥倫布第四次去美洲經過該地區時，又遭遇到八九天不見太陽和星星的神秘風暴。

如果說在不發達的中世紀，航船在海上橫遭不測，還可能理解的話，那麼，在有了先進的無線電通訊設備後的今天，這種悲劇仍然有增無減，就是不可理喻的了。

1918年3月4日　美國海軍當時最大的軍艦之一「獨眼龍號」從西印度羣島駛往諾福克。軍艦上配備全套無線電

通訊設備。船上有300多人，船長是個有二十八年航海經驗的老手。但「獨眼龍號」仍然消失在茫茫大海之中，甚至連SOS求救信號都來不及發出。

1925年4月18日　滿載着小麥的日本遠洋貨輪「來福丸號」駛進了「魔鬼三角」海域。突然，從無線電裏傳來了呼叫聲：「哎！快！死亡就在我們眼前，快來救命啊……」聲音戛然而止。從此，這艘日本船也在大海中銷聲匿跡了。

1973年3月　天氣晴朗，海況平靜的一天，一艘載有32人的摩托快艇駛入「魔鬼三角」海域的平靜海面，瞬間，快艇旋轉下沉，32人無一倖免。

……

在這海域失蹤的船隻數不勝數，從空中經過這片海域的飛機，也多次神秘失蹤。

1945年12月5日　五架美國海軍「復仇者」魚雷轟炸機，在下午2點，從勞德代爾起飛，至巴哈馬羣島。出發前檢查一切正常。在飛行過程中，曾數次向指揮中心報告所在位置，並報告「一切正常」。

下午5時25分，指揮中心收到了飛機的求救信號：「現在位置不明……失去方向……」通訊中斷。

收到求救消息後，管制中心於5分鐘後派出一架PBM飛機搜救，一路不斷與基地保持聯絡，但在下午7時30分，突然失去聯絡，甚至連求救信號都沒有。至此美方感到事態嚴重，調動了當時能夠調動的600多架飛機，外加數百艘船隻，幾乎把「百慕達三角區」一帶海域像掃地似的掃了一遍，但沒有任何收穫。

直到四、五十年之後，才發現了一點線索。

1991年5月8日　美國的一批海底探險家宣布，他們發現了46年前在「百慕達三角區」神秘失蹤的五架美國海軍「復仇者」魚雷轟炸機，現在仍在大西洋海底。

負責這次考察的美國科學調查計劃主任羅伯特·塞爾沃尼宣布，考察小組在距勞德代爾海岸10海里處大約320米的海底，發現了五架「復仇者」魚雷轟炸機，其中四架保存完好，另一架被認為是長機的飛機中部斷裂，其位置在其餘四架的西邊，有四架飛機的座艙門開着，這表明飛行員在飛機迫降大西洋之前跳出了飛機。

負責打撈的部門準備把水底機械人送到海底，以查明這幾架飛機是否有與1945年失蹤的飛機同樣的六位連號號碼。

究竟是什麼原因使這片海域變得如此可怕呢？幾十年來，科學家們為了弄清這個奇怪的現象，提出了許許多多的假說。比較著名的假說如下：

磁場說 飛機和船隻在「魔鬼三角」海域遇難的日子，正好是新月和滿月的時候，這時月亮、地球和太陽處在同一條直線上，引潮力最大，於是引起地球磁場擾動，構成一個強大的磁場，從而造成飛機、船隻的導航設備失靈，引起海難事故的發生。

美國和法國的一支考察隊，在「魔鬼三角」海域的西部海域，發現了一座巨大的「海底金字塔」，塔上有兩個巨大的水洞，水流以驚人的速度從巨洞穿過，使這一帶海面浪潮狂湧，好像捲起千堆雪，霧氣騰騰。他們認為，這座金字塔有着強大的磁場，是導致一些飛機和艦船失蹤的罪魁禍首。

海底大洞說 有的地質學家認為，「魔鬼三角」海域

下面有個大洞，海水從這裏流進去，穿過美洲大陸，然後在太平洋的東南部的聖大杜島海面重新冒出來。這種說法既過分又神奇。1980年1月，瑞典科學家阿隆森用一部電腦和五萬公斤鮮紅的水，給各國的地質學家作表演，引起了國際科學界的巨大轟動，聯合國的一位官員甚至認為：這個地球上最神秘的自然之謎已經解開了。

超時空說 1991年，一架波音727客機從東北方接近邁阿密機場，機場的塔台正以雷達追蹤飛機。突然飛機從屏幕上消失，10分鐘後又出現，最後安全降落。塔台人員對此大惑不解，便登機做一番檢查，結果發現機上人員的手錶與儀器上的計時器，都比正確時間晚了10分鐘。

換句話說，這架飛機和機上的人員，有10分鐘不存在於我們這個時空之內。他們認為：「神秘三角」地帶的形成，實際上是自然現象。在磁氣渦動中，多維空間與我們存在的時空之間出現交集。有的交集比較大，所以船艦進入多維空間便告消失。有的交集小，在短暫的消失後，又回到我們的時空裏來。

UFO之說 UFO可能來自外星球，也可能來自多維空

間。它們習慣在「百慕達三角區」抓地球船艦回去實驗。然而，UFO本身就是個謎，沒有得到科學的證實，這可謂是謎中之謎了。

還有的說是當年沉入海底的大西洋居民，上升到海面，掠奪比自己落後的同胞。甚至認為是海底裂開，引起船隻下沉，而在上空形成「反旋風」毀掉了飛機。

有關「魔鬼三角」的科學假說，我們還可以列舉很多，可是，無論哪種觀點，都不能使人折服，都有些不能自圓其說的地方。

然而，「魔鬼三角」海域也不是絕對進去不得的禁區。有一位波蘭飛行員，30多年來，一直在這一海域工作，幾乎每天都來往於這一海域的上空，但一直安然無恙，從未發生任何意外。

總之，「百慕達三角區」既是一片交通和運輸繁忙的海域，也是一片船艦和飛機頻繁失蹤的海域，它以它迷幻般的魅力和兇險，吸引着無數的科學家、航海家、冒險家的注意。我們相信：人類遲早會解開「百慕達三角區」之謎。

世界之謎科幻小說系列 **1**
勇闖百慕達

作　　者：楊鵬
內文插圖：Pokimon Lo
策　　劃：甄艷慈
責任編輯：周詩韵
美術設計：李成宇
出　　版：山邊出版社有限公司
　　　　　香港英皇道499號北角工業大廈18樓
　　　　　電話：(852) 2138 7998
　　　　　傳真：(852) 2597 4003
　　　　　網址：http://www.sunya.com.hk
　　　　　電郵：marketing@sunya.com.hk
發　　行：香港聯合書刊物流有限公司
　　　　　香港新界大埔汀麗路36號中華商務印刷大廈3字樓
　　　　　電話：(852) 2150 2100
　　　　　傳真：(852) 2407 3062
　　　　　電郵：info@suplogistics.com.hk
印　　刷：中華商務安全印務有限公司
　　　　　香港新界大埔汀麗路36號
版　　次：二〇一五年十一月初版
　　　　　10 9 8 7 6 5 4 3 2 1
版權所有・不准翻印

ISBN: 978-962-923-417-1
© 2015 SUNBEAM Publications (HK) Ltd.
18/F, North Point Industrial Building, 499 King's Road, Hong Kong
Published and printed in Hong Kong